BOISSERIE | GUILLAUME | JUSZEZAK

DANTÈS

1. La Chute d'un trader

Scénario
Pierre Boisserie
Philippe Guillaume

Dessin
Erik Juszezak

Couleur
Juliette Nardin

DARGAUD

PARIS • BARCELONE • BRUXELLES • LAUSANNE • LONDRES • MONTREAL • NEW YORK • STUTTGART

Bien que cette histoire soit évidemment très librement, mais néanmoins respectueusement, inspirée du *Comte de Monte-Cristo* d'Alexandre Dumas, toute ressemblance avec des personnes ou des événements existants ou ayant existé ne serait que pure coïncidence...

Aux Merisiers.
PB

À Marithé, Mari-Wenn, Maël et Yann-Aël pour leur soutien et leur patience.
à Bernard et Sabine, sans qui cette rencontre n'aurait pas eu lieu. À Eric Stalner, qui sait pourquoi.
PhG

À Thomas,
à Jean-Baptiste,
à Christophe,
à ma mère.
Merci d'être là.
EJ

www.dargaud.com

PREMIÈRE ÉDITION

Dépôt légal : septembre 2007 • ISBN 978-2205-05945-8
Printed in France by Qualibris (JL)

PARIS, MAI 2000.
GALA DU MILLÉNAIRE DE LA FINANCE.
B&J
QUI C'EST CEUX-LÀ ?
'SAIS PAS...
JAMAIS VUS...
C'EST CHRISTOPHER DANTÈS...
DANTÈS ET SA COMPAGNE, JE SUPPOSE...
COMMENT ?! DANTÈS ?!
NOM DE DIEU, C'EST LA PREMIÈRE FOIS!
PERSONNE NE L'A ENCORE JAMAIS SHOOTÉ !
DÉPÊCHE-TOI! C'EST LA PHOTO DE L'ANNÉE!

BONSOIR MADAME, MONSIEUR...
PUIS-JE VOIR VOTRE, HEM... INVITATION, S'IL VOUS PLAÎT ?
CAR VOUS SAVEZ, BIEN ENTENDU, QU'IL FAUT UNE INVITATION POUR CETTE SOIRÉE, N'EST-CE PAS ?
MAIS BIEN SÛR, TENEZ.
MONSIEUR... DANTÈS ?! MAIS... MAIS C'EST QUE...
IL Y A UN PROBLÈME ?
MAIS NON ! BIEN SÛR QUE NON ! PAS DU TOUT !
FAITES ENTRER MONSIEUR DANTÈS !
JE VOUS EN PRIE, MADAME, MONSIEUR, JE VAIS VOUS ANNONCER !
TU ES SÛR QUE ÇA VA ALLER ?
TOUT À FAIT !
MONSIEUR CHRISTOPHER DANTÈS !
JE NE LE VOYAIS PAS DU TOUT COMME ÇA !
IL EST... IL EST VRAIMENT...
C'EST VRAIMENT LUI ?
OUI ! C'EST LUI, ENFIN !
CHRISTOPHER DANTÈS ! JE FINISSAIS PAR CROIRE QU'IL N'EXISTAIT PAS !
JE VOUS L'AVAIS BIEN DIT QU'IL VIENDRAIT CE SOIR !
ET ELLE !

TU VOIS, SARAH, ILS SONT CONTENTS DE NOUS VOIR !
JE NE PEUX PAS EN DIRE AUTANT...
TU LES AS VUS ? ILS SONT TOUS ICI ?
OUI, TOUS...
JEAN SAINT-HUBERT
THIERRY MINEZ
MARION TAGHER
SYLVIE FONTAINE
LUCIE MONDRAN
MICHEL BONNEFOND
TOUS SAUF UN :
ALEXANDRE !

DOUZE ANS PLUS TÔT, AU SIÈGE DE LA BGCI.
ALEXANDRE !
OUI ?! C'EST QUOI ?!
HÉ, RÉVEILLE-TOI, MAN ! Y A SAINT-HUBERT QUI VEUT TE VOIR DANS SON BUREAU.
ADESSO !
LE PATRON ? AH BON ? MAIS... ET POURQUOI ?... JE... JE N'AI PAS...
COOL, MAN, Y VA PAS TE MANGER !
MAIS ARRANGE-TOI UN PEU, ON DIRAIT QUE TU SORS D'UN SÈCHE-LINGE !
PURÉE ! IL VA ME FAIRE MA FÊTE ! C'EST CE FOUTU RAPPORT D'ACTIVITÉS QU'IL VOULAIT AVANT-HIER...
CHIOTTES !
EH BIEN, NE RESTEZ PAS PLANTÉ LÀ ! ENTREZ, IL VOUS ATTEND.
AH, PATRICK... VOUS ÊTES LÀ, VOUS AUSSI ? C'EST POUR LE RAPPORT D'ACTIVITÉS, C'EST CELA ?
QUEL RAPPORT ?
ENTREZ ET OUVREZ BIEN VOS OREILLES, MON GARÇON !

AH ! ENTREZ, ENTREZ DONC ! ASSEYEZ-VOUS ! ALLEZ, MON PETIT ALEXANDRE, NE RESTEZ PAS PLANTÉ LÀ !
MONSIEUR LE DIRECTEUR...
ALLONS DONC, PAS DE ÇA ENTRE NOUS ! VENEZ, ASSEYEZ-VOUS !
VOUS L'AVEZ MIS AU COURANT, SANCIER ?
NON, JE VOUS LAISSE CE PLAISIR, MONSIEUR.
BIEN, BIEN. ALORS VOILÀ. VOUS N'ÊTES PAS SANS SAVOIR, MON PETIT ALEXANDRE, QUE DE NOUVEAUX MARCHÉS S'OUVRENT À NOUS AUJOURD'HUI. OR, VOYEZ-VOUS, LE PROBLÈME QUI SE POSE...
... C'EST QUE NOUS NE SOMMES PAS VRAIMENT AU POINT...
CEPENDANT, NOS INSTANCES DIRIGEANTES NOUS ONT DEMANDÉ DE METTRE EN PLACE AU PLUS VITE UN SERVICE QUI S'OCCUPERAIT DE CES NOUVEAUX MARCHÉS, POUR NE PAS NOUS LAISSER DÉBORDER PAR LA CONCURRENCE, VOUS LE COMPRENDREZ AISÉMENT.
J'AI DONC DEMANDÉ À MONSIEUR SANCIER UN RAPPORT D'ÉTUDES SUR CES MARCHÉS.
ET IL EN RESSORT QUE, PARMI CES MARCHÉS ÉMERGENTS, LE PLUS INTÉRESSANT ACTUELLEMENT EST LE *MATIF* QUI, APRÈS SEULEMENT DEUX ANNÉES D'EXISTENCE, A PERMIS AUX INVESTISSEURS DE RÉALISER DES PROFITS SOMME TOUTE REMARQUABLES, N'EST-CE PAS, SANCIER ?
OUI, MONSIEUR.
IL NOUS A DONC SEMBLÉ TOUT NATUREL DE VOUS CONFIER LA RESPONSABILITÉ DU NOUVEAU SERVICE DES OPÉRATIONS DU MATIF, SOUS LA RESPONSABILITÉ DE PATRICK SANCIER, BIEN ÉVIDEMMENT !
VOS RÉSULTATS SUR LE DERNIER SEMESTRE FONT DE VOUS NOTRE TRADER VEDETTE SUR LE MARCHÉ OBLIGATAIRE !
MOI ? MAIS ...
ALLONS, ALLONS, NE SOYEZ PAS SI MODESTE !
5

ET NE VOUS INQUIÉTEZ PAS, VOUS NE SEREZ PAS SEUL !
NOUS ALLONS CONSTITUER UNE ÉQUIPE SOLIDE DONT VOUS SEREZ LE MANAGER...
À CE PROPOS, VOUS NOUS AVEZ ADRESSÉ, IL Y A QUELQUE TEMPS, LA CANDIDATURE DE L'UN DE VOS AMIS, QUI A SUIVI LE MÊME CURSUS QUE VOUS, DONT J'AI LE DOSSIER, ICI...
... MINEZ, THIERRY MINEZ, C'EST CELA ?
EUH... OUI, BIEN SÛR, JE... JE VEUX DIRE, OUI, C'EST BIEN MINEZ, QUE JE... QUE J'AI... OUI, C'EST LUI...
C'EST LUI.
MINEZ.
MAIS, DITES-MOI FRANCHEMENT, MON PETIT ALEXANDRE, ÇA VOUS INTÉRESSE, N'EST-CE PAS ?
LE MATIF, LA SALLE DES MARCHÉS, LE BACK-OFFICE, LE MANAGEMENT D'UNE ÉQUIPE QUI TRAVAILLE AUTOUR DE VOUS ?
VOUS VOULEZ DIRE QUE JE SERAI À LA FOIS RESPONSABLE À LA CORBEILLE ET AU BACK-OFFICE ?
JE NE SAIS PAS SI...
OUI, JE SAIS, NORMALEMENT, VOUS N'ÊTES PAS CENSÉ OCCUPER CES DEUX FONCTIONS EN MÊME TEMPS. MAIS VOTRE AMI ET VOTRE ÉQUIPE SERONT LÀ POUR VOUS ÉPAULER, ET VOUS AUSSI, N'EST-CE PAS, SANCIER ?
IL A RAISON, MONSIEUR, COMME JE VOUS L'AI DÉJÀ FAIT REMARQUER, IL N'EST PAS RAISONNABLE DE CONFIER À LA MÊME PERSONNE LES OPÉRATIONS DE LA CORBEILLE ET LEUR RÈGLEMENT.
JE LE SAIS BIEN !
MAIS CE N'EST QUE PROVISOIRE, LE TEMPS QUE TOUT CELA SE METTE EN PLACE ET QUE L'ON VOIE SI L'INVESTISSEMENT EN VAUT VRAIMENT LA PEINE.
6
JE VOUS LAISSE RÉGLER TOUS LES DÉTAILS ENSEMBLE !
ET N'HÉSITEZ PAS À VENIR ME VOIR EN CAS DE PROBLÈME !

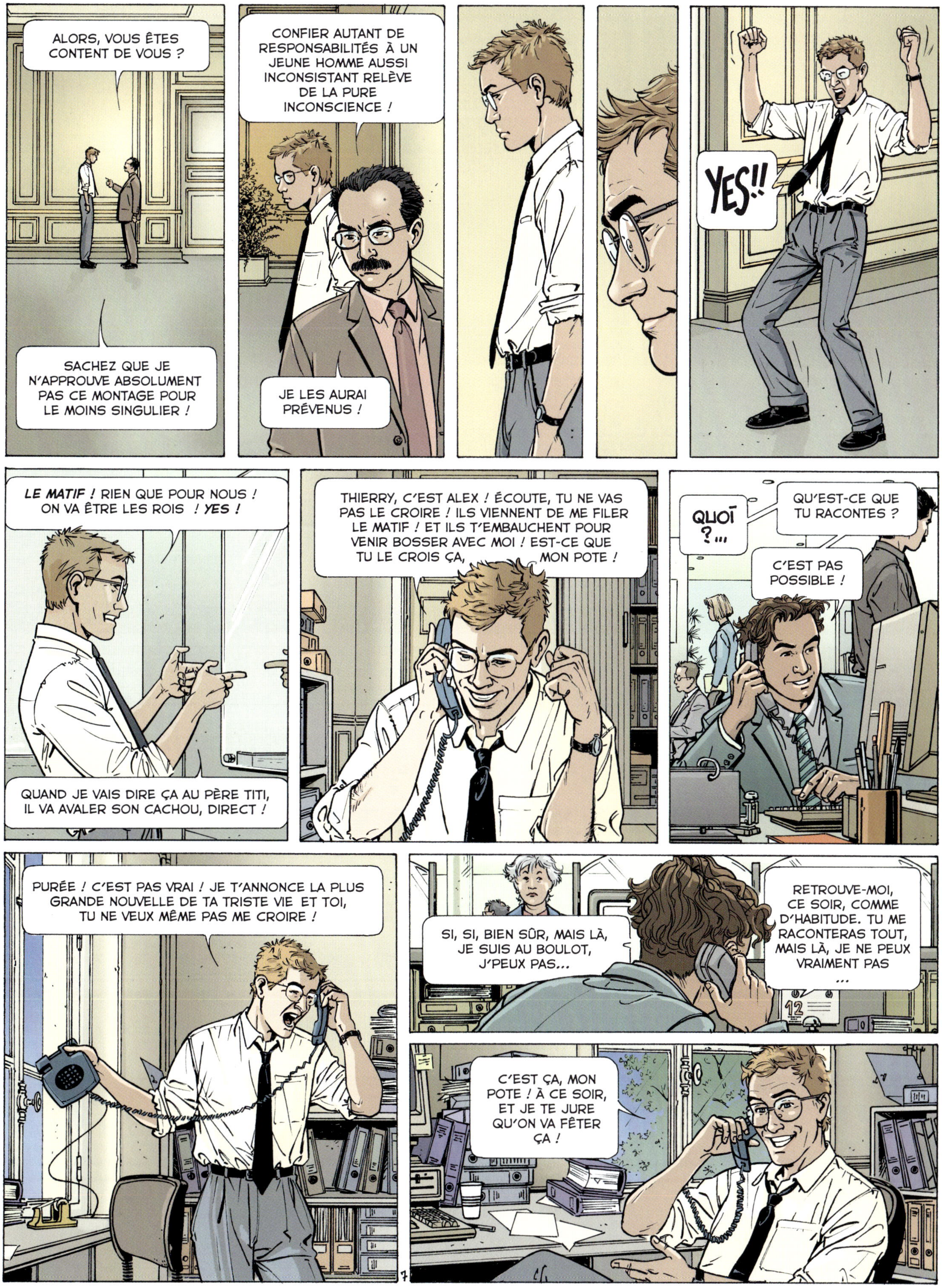
ALORS, VOUS ÊTES CONTENT DE VOUS ?
SACHEZ QUE JE N'APPROUVE ABSOLUMENT PAS CE MONTAGE POUR LE MOINS SINGULIER !
CONFIER AUTANT DE RESPONSABILITÉS À UN JEUNE HOMME AUSSI INCONSISTANT RELÈVE DE LA PURE INCONSCIENCE !
JE LES AURAI PRÉVENUS !
YES!!
LE MATIF ! RIEN QUE POUR NOUS ! ON VA ÊTRE LES ROIS ! YES !
QUAND JE VAIS DIRE ÇA AU PÈRE TITI, IL VA AVALER SON CACHOU, DIRECT !
THIERRY, C'EST ALEX ! ÉCOUTE, TU NE VAS PAS LE CROIRE ! ILS VIENNENT DE ME FILER LE MATIF ! ET ILS T'EMBAUCHENT POUR VENIR BOSSER AVEC MOI ! EST-CE QUE TU LE CROIS ÇA, MON POTE !
QUOI ?...
QU'EST-CE QUE TU RACONTES ?
C'EST PAS POSSIBLE !
PURÉE ! C'EST PAS VRAI ! JE T'ANNONCE LA PLUS GRANDE NOUVELLE DE TA TRISTE VIE ET TOI, TU NE VEUX MÊME PAS ME CROIRE !
SI, SI, BIEN SÛR, MAIS LÀ, JE SUIS AU BOULOT, J'PEUX PAS...
RETROUVE-MOI, CE SOIR, COMME D'HABITUDE. TU ME RACONTERAS TOUT, MAIS LÀ, JE NE PEUX VRAIMENT PAS ...
C'EST ÇA, MON POTE ! À CE SOIR, ET JE TE JURE QU'ON VA FÊTER ÇA !

KNIGHT CLUB
SALUT ! VOUS SAVEZ SI THIERRY EST ARRIVÉ ? JE NE L'AI PAS TROUVÉ ALORS QU'ON DEVAIT S'ATTENDRE DEHORS... VOUS L'AVEZ VU ? IL EST PEUT-ÊTRE DÉJÀ ENTRÉ...
OUAIS, OUAIS, T'INQUIÈTE PAS, IL EST LÀ, TON POTE, MAIS IL EST PAS ENTRÉ...
... IL CAUSE...
MAIS QU'EST-CE QU'IL FOUT LÀ-BAS ?
ET AVEC QUI PARLE-T-IL ?
OÙ T'ÉTAIS PASSÉ ? JE TE CHERCHE DEPUIS UN QUART D'HEURE !
OH, TU VAS PAS ME FAIRE UNE SCÈNE ?
J'ÉTAIS PAS LOIN !
OH ! TITI ! QU'EST-CE QUE TU FOUS ? ON Y VA ?
ALLEZ, VIENS MA POULE, ON VA S'ÉCLATER ! TU VAS ME RACONTER CETTE HISTOIRE DE DINGUES ! LA NUIT EST À NOUS !
LE MONDE EST À NOUS, TU VEUX DIRE !

QUATRE MOIS PLUS TARD, AU SIÈGE DE LA BANQUE GÉNÉRALE DE CRÉDIT ET D'INVESTISSEMENT.
POURQUOI TU N'ES PAS VENU HIER SOIR ? JE TE JURE QUE TU AS RATÉ QUELQUE CHOSE ! LES FILLES ÉTAIENT CHAUDES, MON VIEUX !
JE NE SAIS PAS COMMENT TU FAIS POUR TENIR MAIS MOI, AVEC LE BOULOT QU'ON A, JE NE PEUX PLUS SORTIR COMME ÇA, TOUS LES SOIRS !
ÇA TE POSE UN PROBLÈME ? J'ASSURE COMME UNE BÊTE, NON ? T'AS QUELQUE CHOSE À ME REPROCHER ?
NON, NON, PAS DU TOUT ! JE PARLAIS POUR MOI !
DE TOUTE FAÇON, J'AI CE QU'IL FAUT POUR TENIR, SI TU VOIS CE QUE JE VEUX DIRE... TU FERAIS BIEN DE T'Y METTRE TOI AUSSI, D'AILLEURS !
NON, MERCI !
MADEMOISELLE...
ON DIRAIT QU'ILS SE DÉCIDENT ENFIN À NOUS RENOUVELER LE MOBILIER !
THIERRY !
BONJOUR, JE SUIS MARION TAGHER. ON M'A DEMANDÉ DE ME PRÉSENTER AUX RESSOURCES HUMAINES.
MARION... QUEL JOLI PRÉNOM ! JUSTEMENT, MON COPAIN ET MOI, ON AVAIT BESOIN D'UNE BABY-SITTER, C'EST VOUS QUI AVEZ EU LE POSTE ?
EXCUSEZ-LE, MADEMOISELLE, IL N'A PAS TOUTE SA TÊTE...
BONNE JOURNÉE, MADEMOISELLE !
LAISSE TOMBER, C'EST UNE BÊCHEUSE !
ON PART DANS COMBIEN DE TEMPS ?
DANS UNE HEURE, LE TEMPS DE PRÉPARER LES DOSSIERS ET ON MONTE À LA BOURSE...
TU SAIS QUE TU PEUX ÊTRE LE PIRE DES CRÉTINS, PARFOIS !
ATTENDS, ME DIS PAS QUE T'AS FLASHÉ SUR ELLE !
JE L'CROIS PAS !

LE PALAIS BRONGNIART, SIÈGE DE LA BOURSE ET DU MATIF.
MAINTENANT QU'ON A VENDU CES 600 FOUTUS CONTRATS CAC 40, ILS ONT INTÉRÊT À ME FAIRE BAISSER CE MARCHÉ !
SINON, ON L'AURA DANS L'OS ET LE P'TIT PÈRE SANCIER VA PAS NOUS RATER !
MAIS PURÉE ! VOUS ALLEZ VOUS BOUGER ! FAUT VRAIMENT QUE JE FASSE TOUT MOI-MÊME !
Echéance Achat Volume Vente Volume
A 1.530 - 1.525 600
M 1.527 - 1.522 -
J 1.519 - 1.515 -
Echéance Achat Volume Vente Volume
A 1.530 600 1.525 -
M 1.527 - 1.522 -
J 1.519 - 1.515 -
DONG!

INDICE CAC 40 : 1563 POINTS
VARIATION SÉANCE : -1,34 %
VARIATION SÉANCE : -1,34 %
HÉ LES MECS, ON S'EN TIRE BIEN, MAIS SI JE N'ÉTAIS PAS DESCENDU SUR LE PARQUET, VOUS ME FOUTIEZ DEDANS !
DIS DONC, T'EN AS MIS DU TEMPS À TE RÉVEILLER, TOI ! UN PEU PLUS ET ON PLONGEAIT !
HOMME DE PEU DE FOI ! T'OUBLIES TA SAUVEGARDE...
T'AS RAISON ! MERCI, MON POTE ! JE VAIS ALLER DÉPIAUTER TOUT ÇA AU BUREAU CET APRÈS-MIDI.
TIENS ! MONSIEUR SANCIER !
VOUS VENEZ ASSISTER AU TRIOMPHE DE VOS DEUX TRADERS VEDETTES ?
AVEZ-VOUS DÉJÀ ENTENDU L'EXPRESSION "AVOIR LE TRIOMPHE MODESTE", MONSIEUR MINEZ ?
FANFARONNEZ TANT QUE VOUS LE POUVEZ, SI CELA IMPRESSIONNE NOS DIRIGEANTS !
MOI, JE VOUS JUGERAI SUR VOS RÉSULTATS EN FIN D'ANNÉE...
PAS DE PROBLÈME ! ON SE FERA LA BISE SOUS LE GUI !
EN FIN D'APRÈS-MIDI, AU SIÈGE DE LA BGCI.
VOUS M'AVEZ SORTI TOUS LES BORDEREAUX DE CE MATIN, CATHY ?
OUI, ILS SONT SUR VOTRE BUREAU.
QU'EST-CE QUE C'EST QUE ÇA ?
CE N'EST PAS POSSIBLE !...

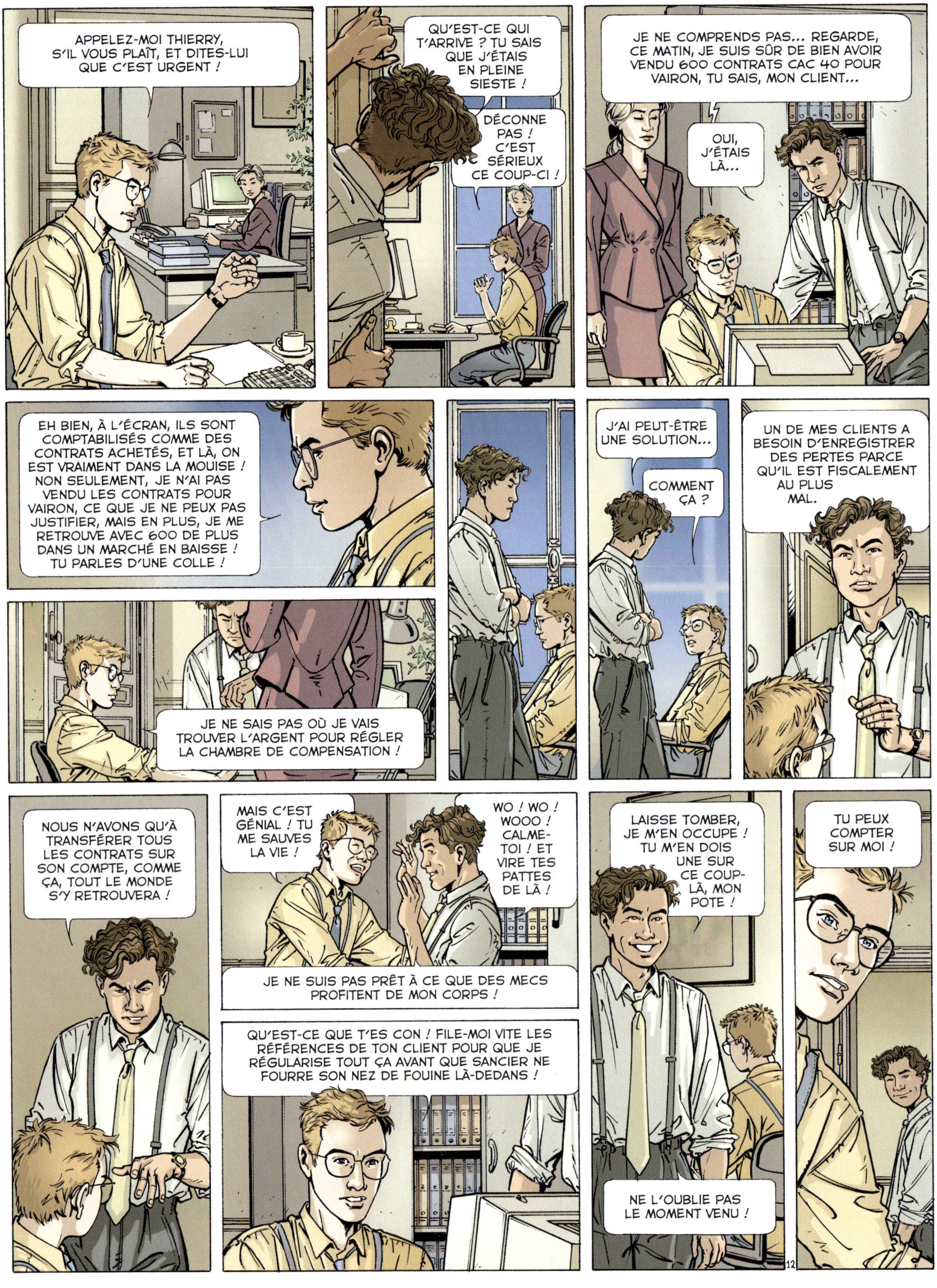
APPELEZ-MOI THIERRY, S'IL VOUS PLAÎT, ET DITES-LUI QUE C'EST URGENT !
QU'EST-CE QUI T'ARRIVE ? TU SAIS QUE J'ÉTAIS EN PLEINE SIESTE !
DÉCONNE PAS ! C'EST SÉRIEUX CE COUP-CI !
JE NE COMPRENDS PAS... REGARDE, CE MATIN, JE SUIS SÛR DE BIEN AVOIR VENDU 600 CONTRATS CAC 40 POUR VAIRON, TU SAIS, MON CLIENT...
OUI, J'ÉTAIS LÀ...
EH BIEN, À L'ÉCRAN, ILS SONT COMPTABILISÉS COMME DES CONTRATS ACHETÉS, ET LÀ, ON EST VRAIMENT DANS LA MOUISE ! NON SEULEMENT, JE N'AI PAS VENDU LES CONTRATS POUR VAIRON, CE QUE JE NE PEUX PAS JUSTIFIER, MAIS EN PLUS, JE ME RETROUVE AVEC 600 DE PLUS DANS UN MARCHÉ EN BAISSE ! TU PARLES D'UNE COLLE !
JE NE SAIS PAS OÙ JE VAIS TROUVER L'ARGENT POUR RÉGLER LA CHAMBRE DE COMPENSATION !
J'AI PEUT-ÊTRE UNE SOLUTION...
COMMENT ÇA ?
UN DE MES CLIENTS A BESOIN D'ENREGISTRER DES PERTES PARCE QU'IL EST FISCALEMENT AU PLUS MAL.
NOUS N'AVONS QU'À TRANSFÉRER TOUS LES CONTRATS SUR SON COMPTE, COMME ÇA, TOUT LE MONDE S'Y RETROUVERA !
MAIS C'EST GÉNIAL ! TU ME SAUVES LA VIE !
WO ! WO ! WOOO ! CALME-TOI ! ET VIRE TES PATTES DE LÀ !
JE NE SUIS PAS PRÊT À CE QUE DES MECS PROFITENT DE MON CORPS !
QU'EST-CE QUE T'ES CON ! FILE-MOI VITE LES RÉFÉRENCES DE TON CLIENT POUR QUE JE RÉGULARISE TOUT ÇA AVANT QUE SANCIER NE FOURRE SON NEZ DE FOUINE LÀ-DEDANS !
LAISSE TOMBER, JE M'EN OCCUPE ! TU M'EN DOIS UNE SUR CE COUP-LÀ, MON POTE !
NE L'OUBLIE PAS LE MOMENT VENU !
TU PEUX COMPTER SUR MOI !

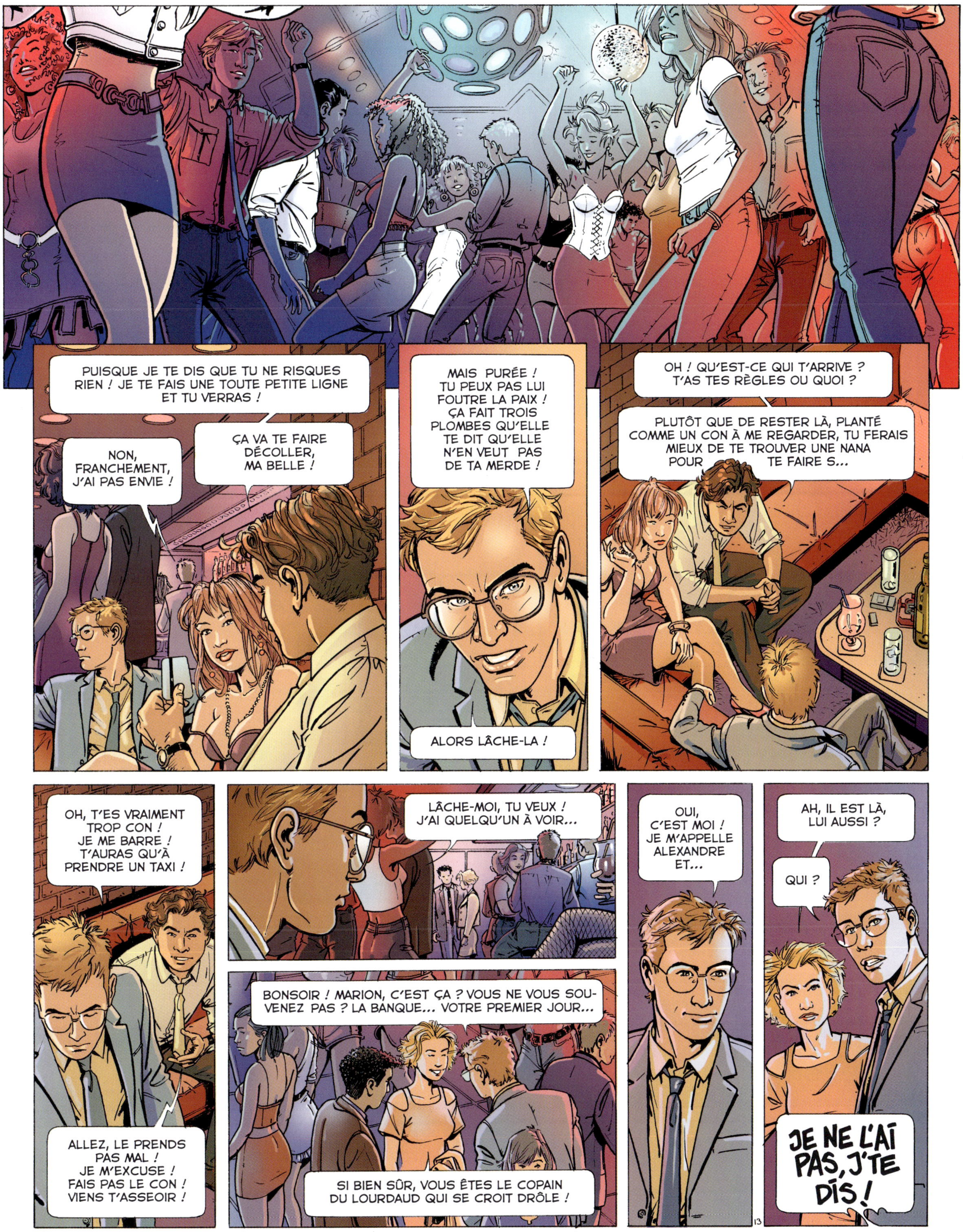
PUISQUE JE TE DIS QUE TU NE RISQUES RIEN ! JE TE FAIS UNE TOUTE PETITE LIGNE ET TU VERRAS !
NON, FRANCHEMENT, J'AI PAS ENVIE !
ÇA VA TE FAIRE DÉCOLLER, MA BELLE !
MAIS PURÉE ! TU PEUX PAS LUI FOUTRE LA PAIX ! ÇA FAIT TROIS PLOMBES QU'ELLE TE DIT QU'ELLE N'EN VEUT PAS DE TA MERDE !
ALORS LÂCHE-LA !
OH ! QU'EST-CE QUI T'ARRIVE ? T'AS TES RÈGLES OU QUOI ?
PLUTÔT QUE DE RESTER LÀ, PLANTÉ COMME UN CON À ME REGARDER, TU FERAIS MIEUX DE TE TROUVER UNE NANA POUR TE FAIRE S...
OH, T'ES VRAIMENT TROP CON ! JE ME BARRE ! T'AURAS QU'À PRENDRE UN TAXI !
ALLEZ, LE PRENDS PAS MAL ! JE M'EXCUSE ! FAIS PAS LE CON ! VIENS T'ASSEOIR !
LÂCHE-MOI, TU VEUX ! J'AI QUELQU'UN À VOIR...
BONSOIR ! MARION, C'EST ÇA ? VOUS NE VOUS SOUVENEZ PAS ? LA BANQUE... VOTRE PREMIER JOUR...
SI BIEN SÛR, VOUS ÊTES LE COPAIN DU LOURDAUD QUI SE CROIT DRÔLE !
OUI, C'EST MOI ! JE M'APPELLE ALEXANDRE ET...
AH, IL EST LÀ, LUI AUSSI ?
QUI ?
JE NE L'AI PAS, J'TE DIS !

BON, ON NE VA PAS TOURNER AUTOUR DU POT ! T'AS EU TES DOSES, ALORS JE VEUX MON POGNON !
...JE VEUX MON POGNON !
JE T'AI DIT QUE CETTE SE-MAINE, JE NE POUVAIS PAS !
EXCUSEZ-MOI, JE REVIENS...
T'ARRÊTES TES CONNERIES MAINTENANT ET TU ME FILES MON BLÉ !
TIENS ! C'EST TOUT CE QUE J'AI POUR LE MOMENT !
SCHLAF
SOCK !
CONNARD !
NON ! ARRÊTEZ !
VENEZ TOUT DE SUITE, UNE BAGARRE VIENT D'ÉCLATER !
EMBARQUEZ-MOI TOUT ÇA ! ET FOUILLEZ TOUTES LES POCHES ET LES SACS !
14
ALLEZ ! ON VA CONTINUER LA FÊTE AU POSTE !
POLICE-SECOURS
MAIS POUR LES BONBONS, ON VA CHANGER DE CONFISERIE !

ENTREZ !
VOUS M'AVEZ DEMANDÉ, MONSIEUR ?
AH ! LE VOILÀ ! NOTRE CHAMPION DU MATIF ! ENTREZ, MON PETIT ALEXANDRE ! VENEZ VOUS ASSEOIR !
MICHEL, JE VOUS PRÉSENTE NOTRE TRADER VEDETTE, QUI A EXPLOSÉ NOS PERFORMANCES SUR LE MARCHÉ À TERME !
BONJOUR, MONSIEUR...
IL EST CHARMANT, N'EST-CE-PAS ?
ON NE CROIRAIT PAS QUE CE JEUNE HOMME PASSE SES NUITS DANS LES COMMISSARIATS !
VOUS AVEZ RAISON D'EN PROFITER, MON PETIT ALEXANDRE ! IL FAUT BIEN VIVRE SA JEUNESSE !
MAIS OUBLIONS TOUT CELA !
CE N'EST PAS POUR CELA QUE JE VOUS AI FAIT VENIR...
JE SOUHAITAIS VOUS PRÉSENTER MICHEL BONNEFOND...
ENCHANTÉ ! JEAN M'A BEAUCOUP PARLÉ DE VOUS ET DE L'EXCELLENT TRAVAIL QUE VOUS FAITES AVEC VOTRE ÉQUIPE !
AUJOURD'HUI, MICHEL SOUHAITE SE LANCER SUR LE MARCHÉ À TERME ET AIMERAIT QUE VOUS VOUS OCCUPIEZ DE SES AFFAIRES, DE FAÇON, DISONS, PRIVILÉGIÉE...
CE SERAIT AVEC PLAISIR. MAIS LA DÉONTOLOGIE M'INTERDIT DE PRIVILÉGIER UN CLIENT PLUTÔT QU'UN AUTRE...

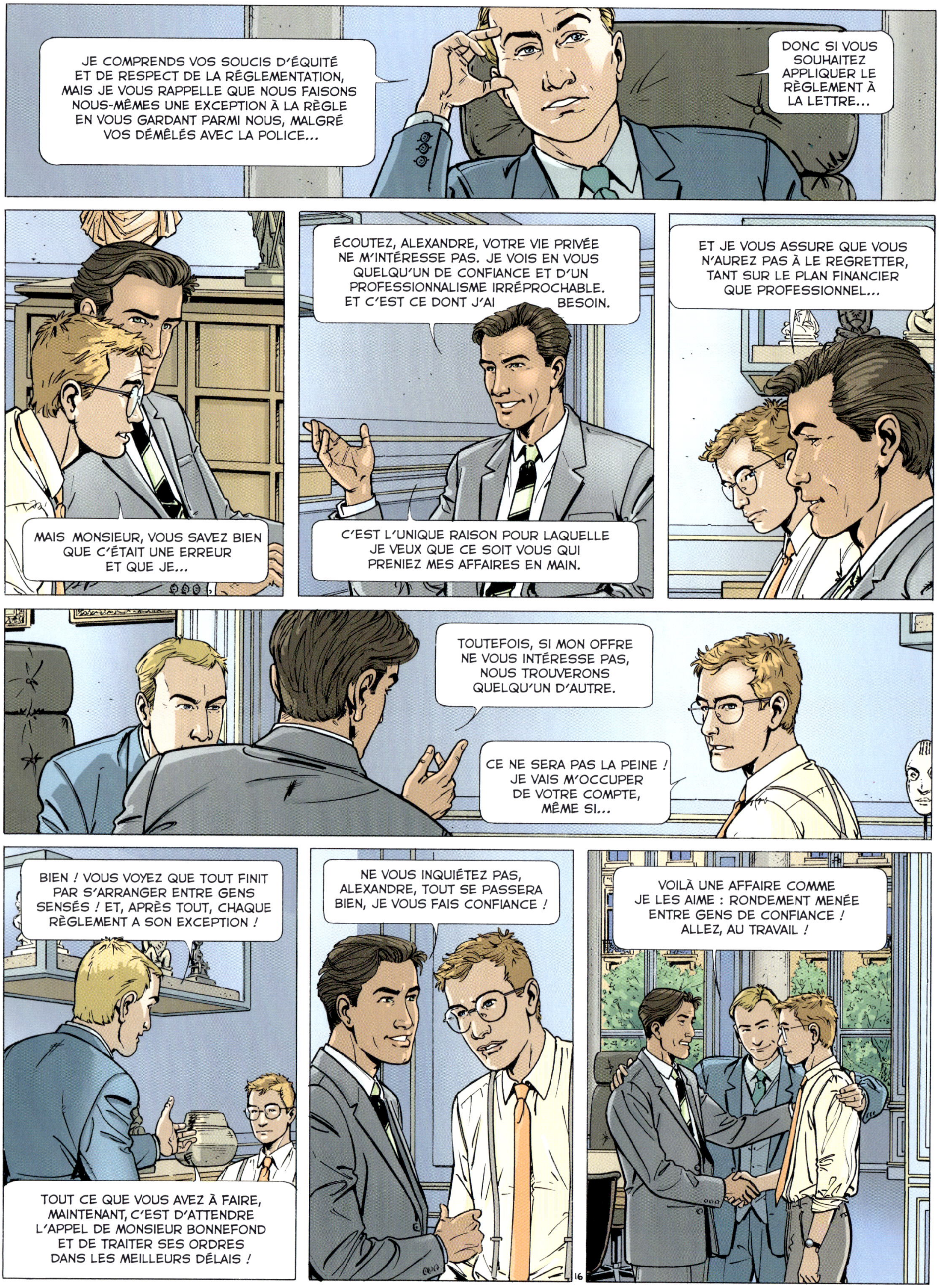
JE COMPRENDS VOS SOUCIS D'ÉQUITÉ ET DE RESPECT DE LA RÉGLEMENTATION, MAIS JE VOUS RAPPELLE QUE NOUS FAISONS NOUS-MÊMES UNE EXCEPTION À LA RÈGLE EN VOUS GARDANT PARMI NOUS, MALGRÉ VOS DÉMÊLÉS AVEC LA POLICE...
DONC SI VOUS SOUHAITEZ APPLIQUER LE RÈGLEMENT À LA LETTRE...
MAIS MONSIEUR, VOUS SAVEZ BIEN QUE C'ÉTAIT UNE ERREUR ET QUE JE...
ÉCOUTEZ, ALEXANDRE, VOTRE VIE PRIVÉE NE M'INTÉRESSE PAS. JE VOIS EN VOUS QUELQU'UN DE CONFIANCE ET D'UN PROFESSIONNALISME IRRÉPROCHABLE. ET C'EST CE DONT J'AI BESOIN.
C'EST L'UNIQUE RAISON POUR LAQUELLE JE VEUX QUE CE SOIT VOUS QUI PRENIEZ MES AFFAIRES EN MAIN.
ET JE VOUS ASSURE QUE VOUS N'AUREZ PAS À LE REGRETTER, TANT SUR LE PLAN FINANCIER QUE PROFESSIONNEL...
TOUTEFOIS, SI MON OFFRE NE VOUS INTÉRESSE PAS, NOUS TROUVERONS QUELQU'UN D'AUTRE.
CE NE SERA PAS LA PEINE ! JE VAIS M'OCCUPER DE VOTRE COMPTE, MÊME SI...
BIEN ! VOUS VOYEZ QUE TOUT FINIT PAR S'ARRANGER ENTRE GENS SENSÉS ! ET, APRÈS TOUT, CHAQUE RÈGLEMENT A SON EXCEPTION !
TOUT CE QUE VOUS AVEZ À FAIRE, MAINTENANT, C'EST D'ATTENDRE L'APPEL DE MONSIEUR BONNEFOND ET DE TRAITER SES ORDRES DANS LES MEILLEURS DÉLAIS !
NE VOUS INQUIÉTEZ PAS, ALEXANDRE, TOUT SE PASSERA BIEN, JE VOUS FAIS CONFIANCE !
VOILÀ UNE AFFAIRE COMME JE LES AIME : RONDEMENT MENÉE ENTRE GENS DE CONFIANCE ! ALLEZ, AU TRAVAIL !
16

MERDE...
JE NE SAIS PAS SI JE VIENS DE CONCLURE LE PLUS BEAU DEAL DE MA VIE OU SI JE VIENS DE FAIRE LA PLUS GROSSE CONNERIE !
DE TOUTE FAÇON, JE N'AI PAS VRAIMENT EU LE CHOIX ! C'ÉTAIT ÇA OU, À TERME, JE PRENAIS LA PORTE !
UN PUTAIN DE MARCHÉ À TERME...
TIENS, ALEXANDRE ! ILS T'ONT RELÂCHÉ ?
MARION !...
BEN OUI...
JE... ILS NE NOUS ONT PAS GARDÉS...
JE VAIS PRENDRE UN CAFÉ, TU AS CINQ MINUTES ?
OUI ! BIEN SÛR ! J'AURAIS JUSTEMENT BIEN BESOIN D'UN PETIT REMONTANT !
ALORS, TU FAIS QUOI DANS LA BOÎTE ?
JE M'OCCUPE DU MARCHÉ À TERME, LE MATIF. JE NE SAIS PAS SI TU VOIS DE QUOI IL S'AGIT...
OUI, QUAND MÊME ! J'ESSAIE DE ME TENIR AU COURANT DE CE QUI SE PASSE DANS LA BANQUE...
EUH, OUI, BIEN SÛR... EXCUSE-MOI... JE... JE VOULAIS JUSTE... C'EST-À-DIRE QUE... JE N'AI PAS...
C'EST BON. ET EN DEHORS DE LA BANQUE, À PART TE FAIRE EMBARQUER DANS LES BOÎTES, TU FAIS QUOI ?
EH BEN, PAS GRAND-CHOSE... JE BOSSE BEAUCOUP, ALORS UN PEU DE JOGGING, PAS MAL DE CINÉ, BEAUCOUP DE MUSIQUE...
ET TOI ?
MOI ? J'ATTENDS QUE QUELQU'UN DE SYMPA M'INVITE À DÎNER...
AH ?
ÇA TOMBE BIEN, JE SUIS UN TYPE VRAIMENT SYMPA, JE SUIS LIBRE CE SOIR ET JE SAIS FAIRE TENIR UN GOBELET EN ÉQUILIBRE SUR MA TÊTE !
ÇA TE VA ?
OK ! ON SE RETROUVE EN BAS À 19H30 ?
AH... JE SENS QUE ÇA VA ME POURSUIVRE CETTE HISTOIRE...

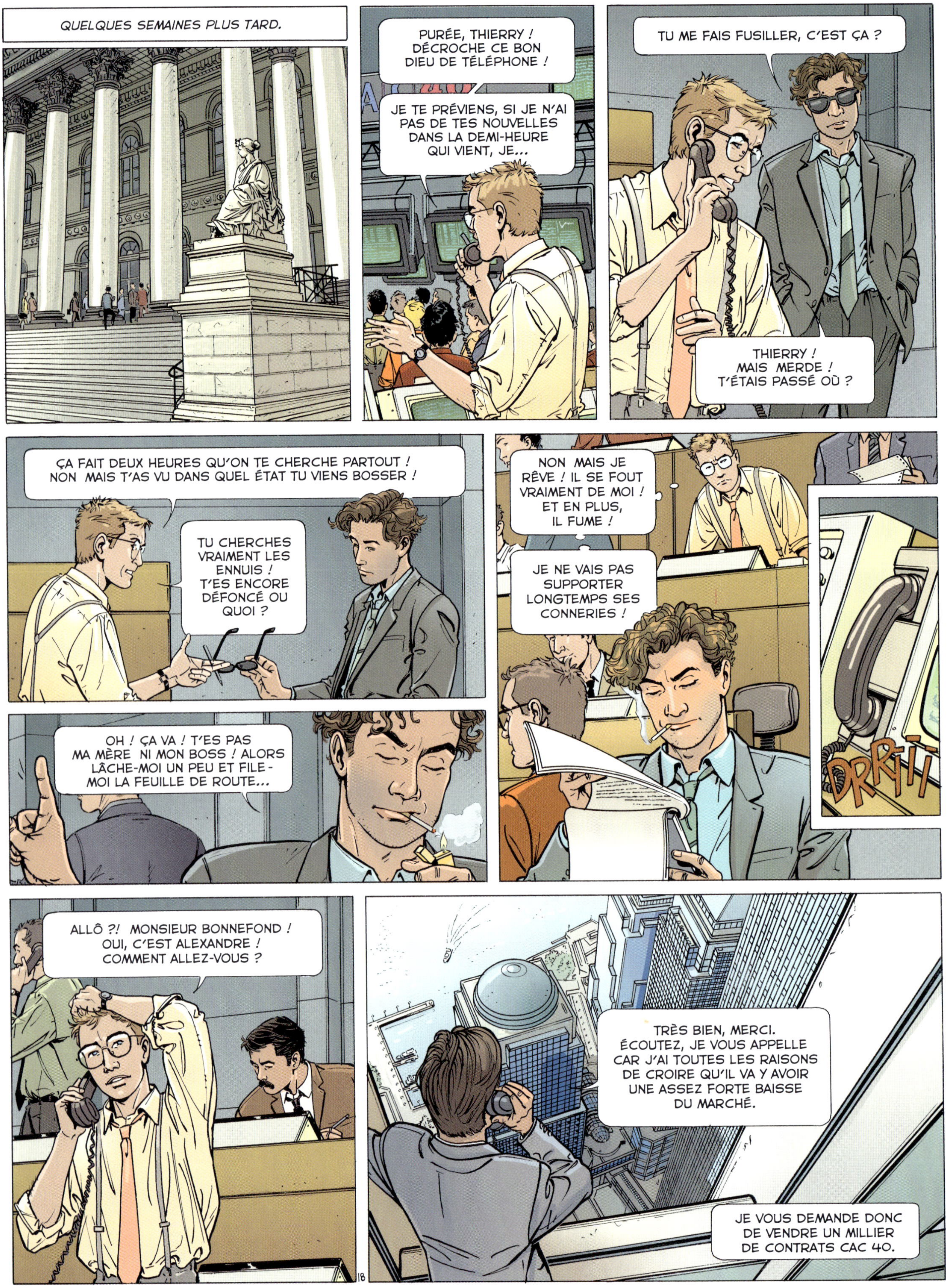
QUELQUES SEMAINES PLUS TARD.
PURÉE, THIERRY ! DÉCROCHE CE BON DIEU DE TÉLÉPHONE !
JE TE PRÉVIENS, SI JE N'AI PAS DE TES NOUVELLES DANS LA DEMI-HEURE QUI VIENT, JE...
TU ME FAIS FUSILLER, C'EST ÇA ?
THIERRY ! MAIS MERDE ! T'ÉTAIS PASSÉ OÙ ?
ÇA FAIT DEUX HEURES QU'ON TE CHERCHE PARTOUT ! NON MAIS T'AS VU DANS QUEL ÉTAT TU VIENS BOSSER !
TU CHERCHES VRAIMENT LES ENNUIS ! T'ES ENCORE DÉFONCÉ OU QUOI ?
OH ! ÇA VA ! T'ES PAS MA MÈRE NI MON BOSS ! ALORS LÂCHE-MOI UN PEU ET FILE-MOI LA FEUILLE DE ROUTE...
NON MAIS JE RÊVE ! IL SE FOUT VRAIMENT DE MOI ! ET EN PLUS, IL FUME !
JE NE VAIS PAS SUPPORTER LONGTEMPS SES CONNERIES !
DRRIII
ALLÔ ?! MONSIEUR BONNEFOND ! OUI, C'EST ALEXANDRE ! COMMENT ALLEZ-VOUS ?
TRÈS BIEN, MERCI. ÉCOUTEZ, JE VOUS APPELLE CAR J'AI TOUTES LES RAISONS DE CROIRE QU'IL VA Y AVOIR UNE ASSEZ FORTE BAISSE DU MARCHÉ.
JE VOUS DEMANDE DONC DE VENDRE UN MILLIER DE CONTRATS CAC 40.

MILLE CONTRATS ?!!
JE VEUX DIRE, ÇA FAIT UN SACRÉ GROS PAQUET AVEC UN GROS RISQUE !...
LE MARCHÉ EST PARTI À LA HAUSSE DEPUIS CE MATIN ET L'OUVERTURE À WALL STREET NE LAISSE PAS PRÉSAGER DE...
NE VOUS INQUIÉTEZ PAS, ALEXANDRE. MES SOURCES SONT FIABLES. CONTENTEZ-VOUS DE MENER À BIEN CETTE OPÉRATION SANS VOUS POSER DE QUESTION ET TOUT IRA BIEN. DE TOUTE FAÇON, S'IL Y A UN PROBLÈME, JE VOUS COUVRE.
JE PEUX COMPTER SUR VOUS ?
BIEN SÛR, MONSIEUR BONNEFOND ! JE VOUS APPELLE DÈS QUE LA TRANSACTION SERA EFFECTUÉE !
C'EST BONNEFOND ! IL VIENT JUSTE D'APPELER ! IL FAUT LUI VENDRE MILLE CONTRATS AVANT LA FERMETURE !
VENDRE ? IL EST PAS BIEN, LE MARCHÉ...
APPAREMMENT, IL EST SÛR DE LUI. FAIS PASSER LA CONSIGNE ! ET RAMASSEZ TOUT CE QUE VOUS TROUVEREZ !
ALLEZ, C'EST PLUS LE MOMENT DE RÊVASSER !
CAC
1565
1545
1526
1559
BGCI
MERCI, MON DIEU !

LE SOIR, AU BACK-OFFICE À LA BGCI.
OH NON ! C'EST PAS VRAI QUE ÇA RECOMMENCE ! C'EST QUOI CE BORDEL !
QUE SE PASSE-T-IL ?
LES CONTRATS DE CE MATIN POUR BONNEFOND ! J'AI BIEN DIT À THIERRY DE LES VENDRE ! ET IL LES A ACHETÉS, CE CON ! OÙ EST-IL ?
JE SAIS QU'IL EST SORTI. VOUS LE TROUVEREZ SANS DOUTE À LA BRASSERIE À CETTE HEURE-CI...
PURÉE, IL VA M'ENTENDRE !
PIETONS ATTENTION TRAVERSEZ EN 2 TEMPS
E VAUDE
IL EST OÙ, CE CON ? AH !
ALEX ! QU'EST-CE QUE TU FOUS ICI ?
POSE TON VERRE ET VIENS AVEC MOI.
TU VOIS BIEN QUE JE NE PEUX PAS, JE SUIS AVEC...
JE ME FOUS QUE TU SOIS AVEC LE PAPE OU LA REINE D'ANGLETERRE !
TU VIENS AVEC MOI !
HEY ! MA VESTE ! MAIS T'ES PAS BIEN !
ATTENDS-MOI, JE REVIENS !

TU PEUX ME DIRE CE QUE TU T'ES ENVOYÉ HIER SOIR POUR ÊTRE DÉFONCÉ À CE POINT ?
HÉ, MEC ! QU'EST-CE QUI T'ARRIVE ?!
CE QUI M'ARRIVE, CONNARD, C'EST QUE TU AS ACHETÉ LES MILLE CONTRATS BONNEFOND AU LIEU DE LES VENDRE COMME JE TE L'AVAIS DEMANDÉ !
QU'EST-CE QUE TU RACONTES ? TU M'AS DEMANDÉ D'ACHETER !
ET QUE MAINTENANT, JE SUIS DANS UNE MERDE NOIRE, QUE JE N'AI PAS LES FONDS POUR COUVRIR MA POSITION, QUE C'ÉTAIT LE PREMIER APPEL DU PLUS GROS CLIENT DE LA BANQUE ET QUE TU AS TOUT FOIRÉ !
CERTAINEMENT PAS ! TOUT LE MONDE POURRA EN TÉMOIGNER !
EH BEN, ON VA DIRE QUE C'EST CHACUN SON TOUR ! LA DERNIÈRE FOIS, C'EST TOI QUI T'ÉTAIS PLANTÉ ET JE T'AI SAUVÉ LA MISE ! CETTE FOIS-CI, C'EST MOI !
ALORS À TOI DE ME TIRER DE LÀ !
MAIS NON ! C'EST TROP FACILE !
TU N'AS QU'À FAIRE UN APPEL DE FONDS POUR COUVRIR TA POSITION ! TU GLISSES LES CONTRATS SUR UN COMPTE D'ERREUR ET TU ATTENDS DES JOURS MEILLEURS POUR TE REFAIRE ET DÉNOUER TA POSITION !
CERTAINEMENT PAS ! C'EST TOUT À FAIT ILLÉGAL !
HÉ, TU COMMENCES À ME GONFLER, OK ! MOI, JE TE DONNE DES SOLUTIONS. SI TU PENSES QUE TU ES PLUS MALIN QUE ÇA...
DÉBROUILLE-TOI TOUT SEUL !
ATTENDS ! EXCUSE-MOI, MAIS JE...
T'AS QU'À FAIRE COMME JE T'AI DIT ET TOUT SE PASSERA BIEN. C'EST TOI LE PETIT GÉNIE DE LA FINANCE !
ÇA M'EMBÊTERAIT DE DEVOIR TOUT TE METTRE SUR LE DOS. APRÈS TOUT, C'EST TOI LE RESPONSABLE...

ALORS, VOUS L'AVEZ TROUVÉ ?
QU'EST-CE QU'IL VOUS A DIT ?
ÇA OUI, JE L'AI TROUVÉ...
BON, ÉCOUTEZ-MOI BIEN, CATHY...
VOUS ALLEZ M'OUVRIR UN COMPTE D'ERREUR, QU'ON VA APPELER *PI*, SOUS LE NUMÉRO... 3-14-15-92...
VOUS ALLEZ Y TRANSFÉRER LES ORDRES QU'A PASSÉS THIERRY... PLUS MILLE AUTRES CONTRATS POUR QU'ON PUISSE HONORER LA DEMANDE DE BONNEFOND... ET...
ET PUIS VOUS ME FAITES UN APPEL DE FONDS DU MONTANT DES CONTRATS POUR POUVOIR COUVRIR MES POSITIONS DE FIN DE MOIS...
TOUT DE MÊME, CE N'EST PAS TRÈS RÉGLEMENTAIRE...
ET À LA PREMIÈRE OCCASION, JE DÉNOUERAI CES POSITIONS ET ON LE FERMERA.
SAINT-HUBERT M'A DIT L'AUTRE JOUR : IL Y A LES RÈGLEMENTS, ET LES EXCEPTIONS...
ALORS J'APPLIQUE LA CONSIGNE...
DRRIII
MONSIEUR SAINT-HUBERT ! JUSTEMENT, J'ALLAIS VOUS APPELER !... OUI, TRÈS BIEN !... SANS PROBLÈME !
IL AURA TOUTES LES RAISONS D'ÊTRE SATISFAIT !
OUI !... MOI AUSSI ! À DEMAIN, MONSIEUR !
VOUS AVIEZ RAISON, IL A MORDU À L'HAMEÇON. ON VA MAINTENANT TIRER TOUT DOUCEMENT SUR LA LIGNE JUSQU'AU MOMENT OÙ ON LE SORTIRA DE L'EAU !... PRÉVENEZ NOTRE HOMME, MOI, JE M'OCCUPE DU PARTI...

ET TOI ? TU NE PARLES PAS DE TOI, DE TA FAMILLE...
NON... ÇA N'A RIEN D'EXOTIQUE, TU SAIS...
CE N'EST PAS GRAVE !
OK... JE VIENS DE LA BANLIEUE SUD...
LA CITÉ DE LA PLAINE, À CLAMART.
CE NE SONT PAS LES BEAUX QUARTIERS, MAIS CE N'EST PAS MOCHE NON PLUS !
EN FAIT, TOUT ALLAIT BIEN JUSQU'À CE QUE MA SŒUR NAISSE. ELLE EST I.M.C...
C'EST QUOI ÇA ?
INFIRME MOTEUR CÉRÉBRAL. ÇA N'A PAS TROP PLU À MON PÈRE, QUI S'EST BARRÉ...
ET DONC MA MÈRE NOUS A ÉLEVÉS SEULE AVEC UNE PAIE DE DAME DE CANTINE, C'EST-À-DIRE ENTRE PAS TRÈS LOURD ET RIEN...
POSTES
EN MÊME TEMPS, ON N'A JAMAIS MANQUÉ DE RIEN. FALLAIT JUSTE PAS ÊTRE TROP EXIGEANT.
DU COUP, J'IMAGINE QU'ELLE DOIT ÊTRE SUPER FIÈRE DE TOI, DE TON PARCOURS ET DE TA RÉUSSITE.
PLUTÔT, OUI !
ET TA SŒUR, ELLE EST OÙ, MAINTENANT ?
ELLE EST TOUJOURS AVEC MA MÈRE, QUI GÈRE TOUT ÇA TOUTE SEULE, ET MOI, J'Y VAIS LE PLUS SOUVENT POSSIBLE ET JE LES AIDE FINANCIÈREMENT...
JE SUIS CONTENTE QUE TU ME RACONTES TOUT ÇA. J'EN VENAIS À CROIRE QUE, SORTI DE THIERRY, IL N'Y AVAIT RIEN D'AUTRE DANS TA VIE ! TU LE SORS D'OÙ CELUI-LÀ, D'AILLEURS ?
DE LA MATERNELLE. ON NE S'EST PAS QUITTÉS DEPUIS.
EH BIEN, QUELLE FIDÉLITÉ ! TOUT CE DONT UNE FEMME PEUT RÊVER !
VRAIMENT ?
VRAIMENT...
23

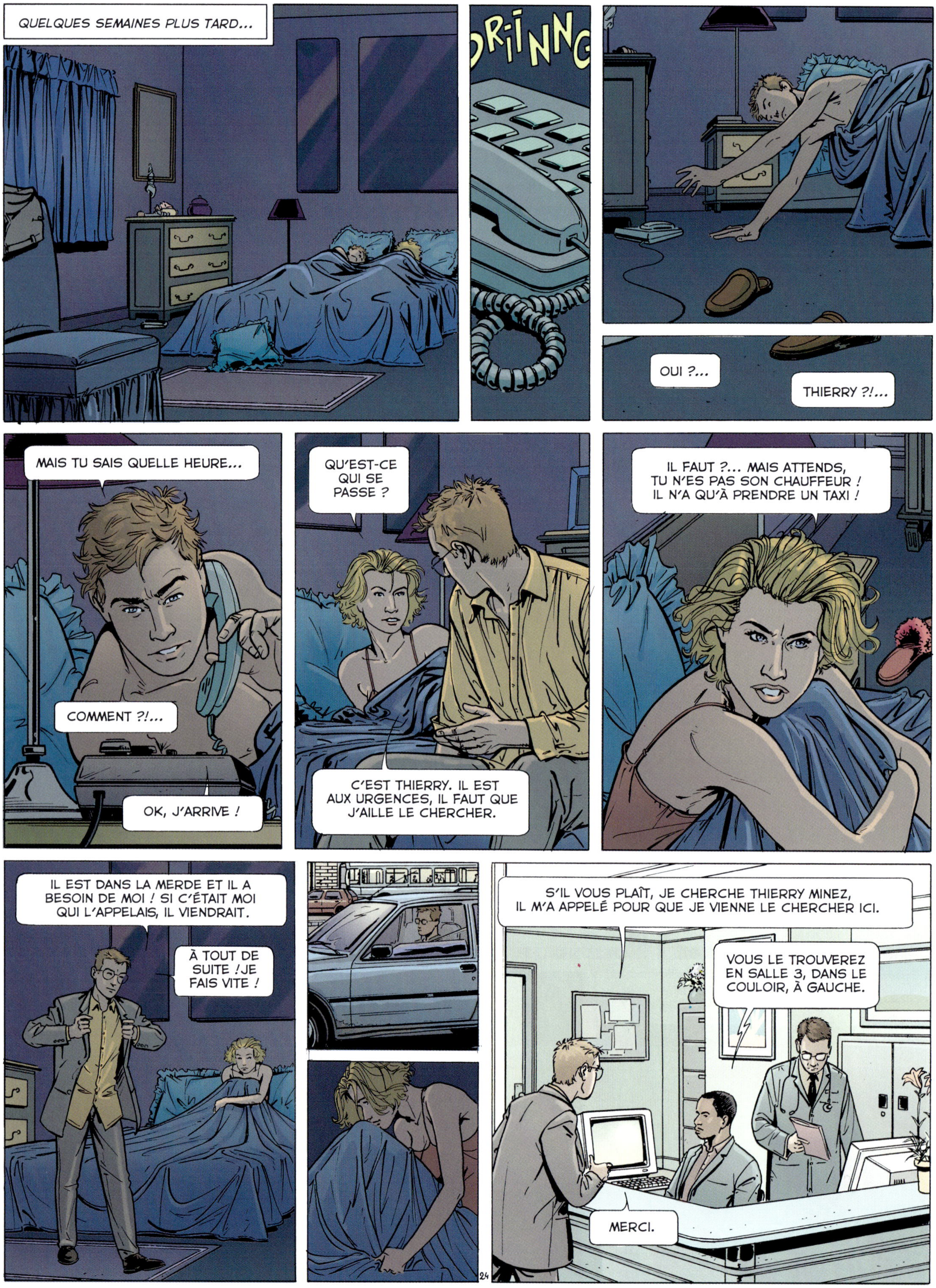
QUELQUES SEMAINES PLUS TARD...
DRIINNG
OUI ?...
THIERRY ?!...
MAIS TU SAIS QUELLE HEURE...
COMMENT ?!...
OK, J'ARRIVE !
QU'EST-CE QUI SE PASSE ?
C'EST THIERRY. IL EST AUX URGENCES, IL FAUT QUE J'AILLE LE CHERCHER.
IL FAUT ?... MAIS ATTENDS, TU N'ES PAS SON CHAUFFEUR ! IL N'A QU'À PRENDRE UN TAXI !
IL EST DANS LA MERDE ET IL A BESOIN DE MOI ! SI C'ÉTAIT MOI QUI L'APPELAIS, IL VIENDRAIT.
À TOUT DE SUITE ! JE FAIS VITE !
S'IL VOUS PLAÎT, JE CHERCHE THIERRY MINEZ, IL M'A APPELÉ POUR QUE JE VIENNE LE CHERCHER ICI.
VOUS LE TROUVEREZ EN SALLE 3, DANS LE COULOIR, À GAUCHE.
MERCI.

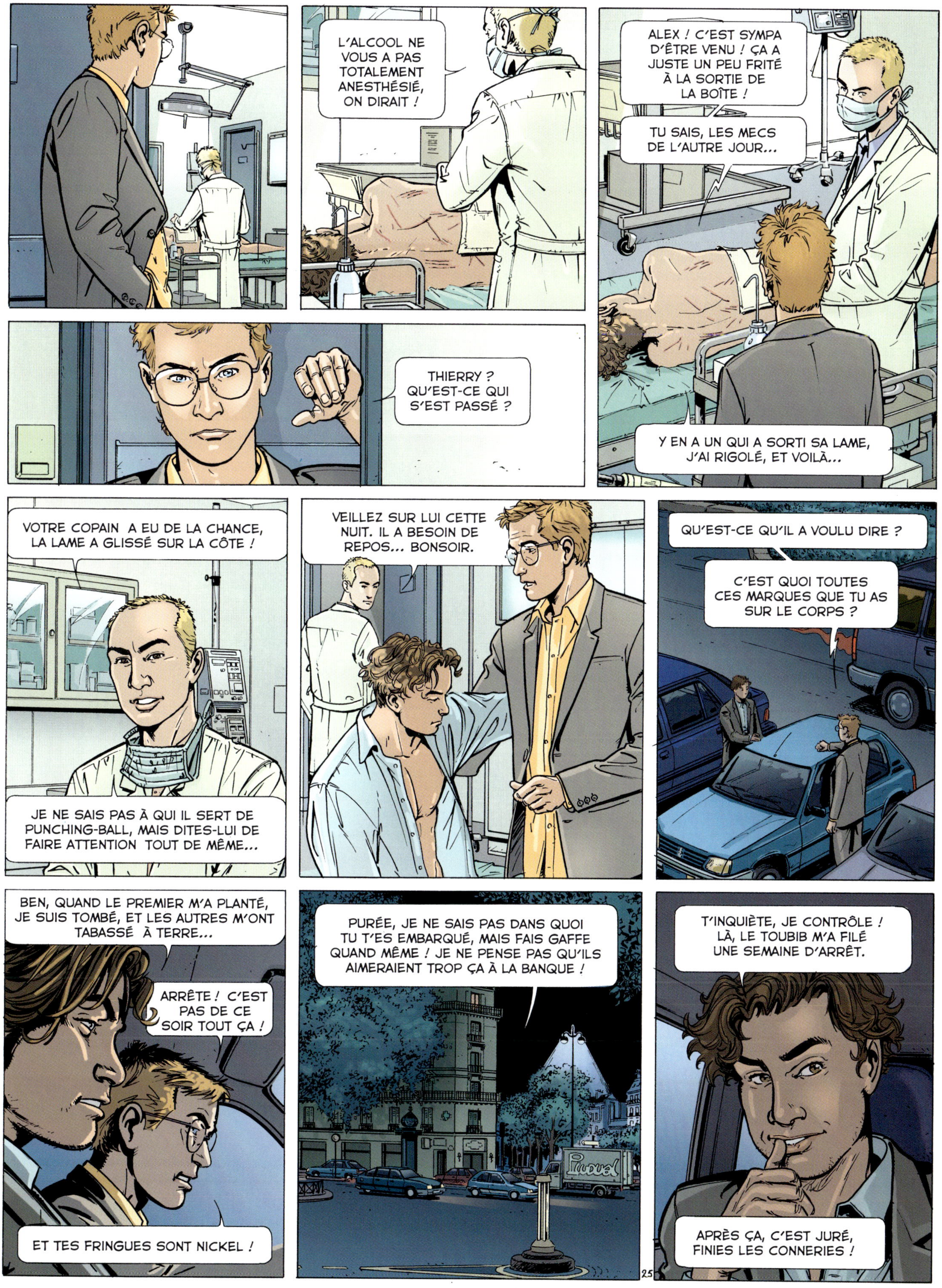
L'ALCOOL NE VOUS A PAS TOTALEMENT ANESTHÉSIÉ, ON DIRAIT !
ALEX ! C'EST SYMPA D'ÊTRE VENU ! ÇA A JUSTE UN PEU FRITÉ À LA SORTIE DE LA BOÎTE !
TU SAIS, LES MECS DE L'AUTRE JOUR...
THIERRY ? QU'EST-CE QUI S'EST PASSÉ ?
Y EN A UN QUI A SORTI SA LAME, J'AI RIGOLÉ, ET VOILÀ...
VOTRE COPAIN A EU DE LA CHANCE, LA LAME A GLISSÉ SUR LA CÔTE !
JE NE SAIS PAS À QUI IL SERT DE PUNCHING-BALL, MAIS DITES-LUI DE FAIRE ATTENTION TOUT DE MÊME...
VEILLEZ SUR LUI CETTE NUIT. IL A BESOIN DE REPOS... BONSOIR.
QU'EST-CE QU'IL A VOULU DIRE ?
C'EST QUOI TOUTES CES MARQUES QUE TU AS SUR LE CORPS ?
BEN, QUAND LE PREMIER M'A PLANTÉ, JE SUIS TOMBÉ, ET LES AUTRES M'ONT TABASSÉ À TERRE...
ARRÊTE ! C'EST PAS DE CE SOIR TOUT ÇA !
ET TES FRINGUES SONT NICKEL !
PURÉE, JE NE SAIS PAS DANS QUOI TU T'ES EMBARQUÉ, MAIS FAIS GAFFE QUAND MÊME ! JE NE PENSE PAS QU'ILS AIMERAIENT TROP ÇA À LA BANQUE !
T'INQUIÈTE, JE CONTRÔLE ! LÀ, LE TOUBIB M'A FILÉ UNE SEMAINE D'ARRÊT.
APRÈS ÇA, C'EST JURÉ, FINIES LES CONNERIES !

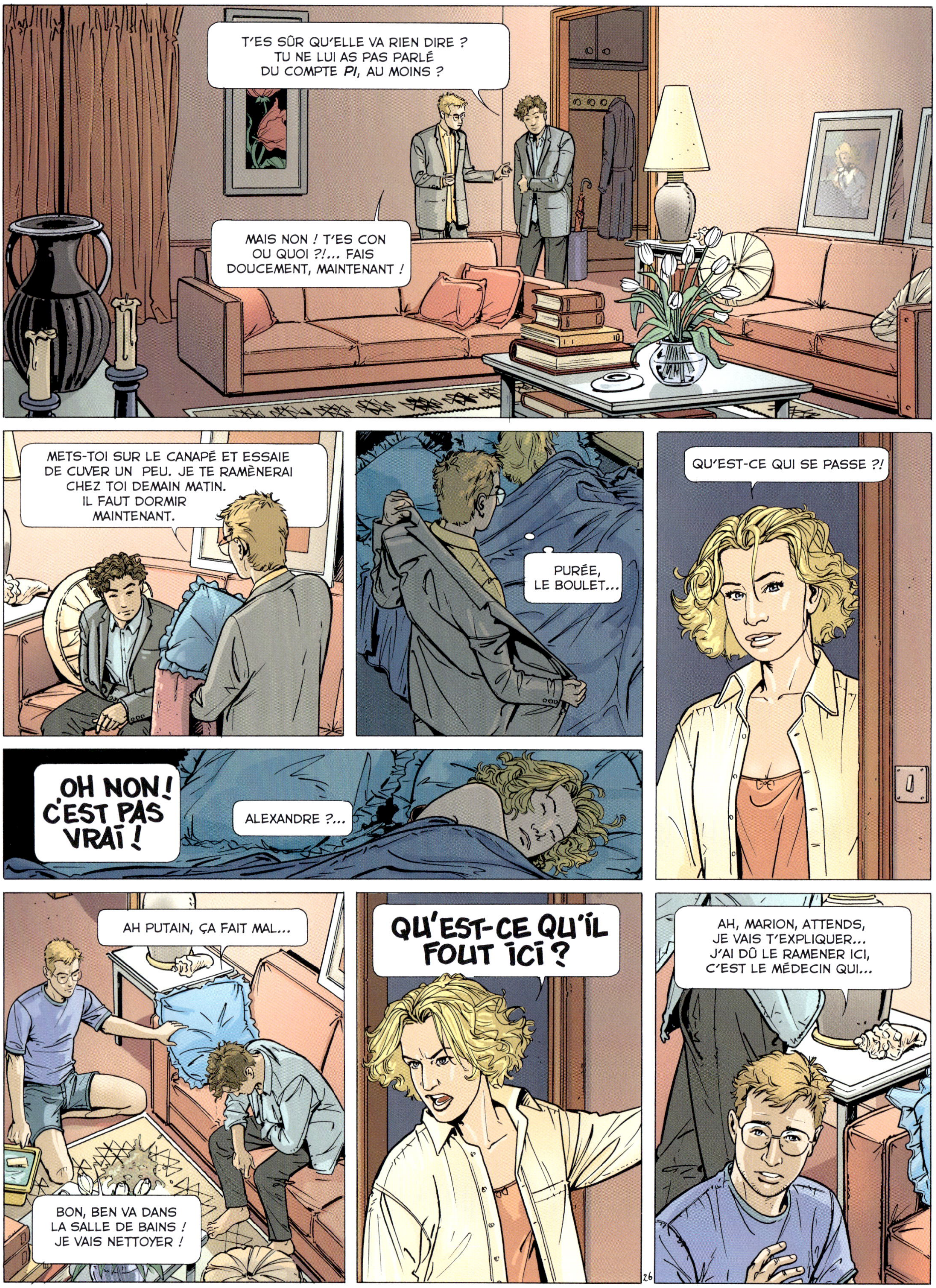
T'ES SÛR QU'ELLE VA RIEN DIRE ? TU NE LUI AS PAS PARLÉ DU COMPTE PI, AU MOINS ?
MAIS NON ! T'ES CON OU QUOI ?!... FAIS DOUCEMENT, MAINTENANT !
METS-TOI SUR LE CANAPÉ ET ESSAIE DE CUVER UN PEU. JE TE RAMÈNERAI CHEZ TOI DEMAIN MATIN. IL FAUT DORMIR MAINTENANT.
PURÉE, LE BOULET...
QU'EST-CE QUI SE PASSE ?!
OH NON ! C'EST PAS VRAI !
ALEXANDRE ?...
AH PUTAIN, ÇA FAIT MAL...
BON, BEN VA DANS LA SALLE DE BAINS ! JE VAIS NETTOYER !
QU'EST-CE QU'IL FOUT ICI ?
AH, MARION, ATTENDS, JE VAIS T'EXPLIQUER... J'AI DÛ LE RAMENER ICI, C'EST LE MÉDECIN QUI...
26

MAIS C'EST CHEZ MOI ICI !
T'AURAIS AU MOINS PU ME DEMANDER ! CE TYPE VIENT TRANQUILLEMENT VOMIR SA CUITE SUR MON TAPIS !
C'EST PAS QUE ÇA. IL EST BLESSÉ, IL A DÛ SE FAIRE RECOUDRE ET LE MÉDECIN A DIT QUE...
MAIS J'EN AI VRAIMENT RIEN À FAIRE DU MÉDECIN ! VIRE-LE D'ICI !
TE FATIGUE PAS, ALEX, JE M'EN VAIS. ÇA VAUT MIEUX... JE RENTRE CHEZ MOI, JE VAIS PRENDRE LE MÉTRO...
SI J'Y ARRIVE...
C'EST ÇA ! ET SI TU PASSES DESSOUS, C'EST PAS LA PEINE DE L'APPELER !
OH, MARION ! DIS PAS N'IMPORTE QUOI !
C'EST MON POTE QUAND MÊME !
BON, J'Y VAIS... JE TE TIENS AU COURANT...
BON DÉBARRAS ! JE TE LAISSE FINIR DE NETTOYER TOUT SEUL, TU NE M'EN VOUDRAS PAS...
ÉCOUTE, LE PRENDS PAS MAL...
IL AURAIT FAIT LA MÊME CHOSE POUR MOI...
TU VEUX QUE JE TE DISE QUELQUE CHOSE ? LE JOUR OÙ TU ARRÊTERAS DE VOIR CE TYPE, JE PENSE QUE TU DEVIENDRAS VRAIMENT QUELQU'UN DE BIEN !

MAIS VENDS ! VENDS ! TOUT CE QUE T'AS ! MAINTENANT ! ÇA VA SONNER !
PURÉE ! C'ÉTAIT MOINS UNE !
TU VAS FINIR PAR CLAQUER AVANT L'ÂGE SI TU CONTINUES COMME ÇA !
TOI ?
T'ES PAS GONFLÉ DE TE POINTER MAINTENANT !
ATTENDS, JE VAIS T'EXPLIQUER...
PAS ICI... DEHORS !
QU'EST-CE QUE TU FOUS LÀ, TOI ? T'ÉTAIS PAS CENSÉ REPRENDRE AUJOURD'HUI ? PARCE QUE LÀ, ON N'A PLUS BESOIN DE TOI, C'EST FINI !
AH, D'ACCORD ! C'EST SILENCE RADIO PENDANT UNE SEMAINE, J'AURAIS PU CREVER QUE ÇA NE T'AURAIT PAS DÉRANGÉ, ET LÀ, JE REVIENS POUR ME FAIRE ENGUEULER ! SI JE TE DÉRANGE À CE POINT, JE PEUX REPARTIR CHEZ MOI, HEIN !
ARRÊTE TON CIRQUE ! ÇA FAIT SIX MOIS QUE TU TE POINTES AU BOULOT AVEC DE LA POUDRE DANS LE NEZ ! ET QUE TU FAIS DES CONNERIES QUE JE DOIS COUVRIR !
OH ! MAIS JE TE RAPPELLE QUE JE NE SUIS PAS LE SEUL ! ET QU'AU BOUT DU COMPTE, ON S'EN SORT VACHEMENT BIEN !
ON ?! TU VEUX DIRE QUE *JE* M'EN SORS BIEN ! ET ENCORE, LE COMPTE *PI* N'EST TOUJOURS PAS ÉQUILIBRÉ !
J'AI DÛ FAIRE DES DEMANDES DE FONDS POUR COUVRIR LES APPELS DE MARGE DE LA CHAMBRE DE COMPENSATION !
SI UN SEUL D'ENTRE EUX FAIT LE RAPPROCHEMENT, ON EST FOUTUS !
MAIS PERSONNE NE S'EN RENDRA COMPTE ! ILS SONT TROP OCCUPÉS À REGARDER LES COURBES DE CROISSANCE DES BÉNÉFICES QUE TU DÉGAGES SUR LE MATIF !
ÇA NE RÉSOUT PAS LE PROBLÈME DU COMPTE *PI* ! IL FAUDRAIT UN GROS COUP POUR QUE JE LE REMETTE À FLOT ET QUE JE PUISSE LE CLÔTURER.
MAIS SI LE MARCHÉ PART DANS LE MAUVAIS SENS, LÀ, ON EST PLANTÉS !
T'INQUIÈTE, TU VAS FLAIRER LE BON COUP, JE TE FAIS CONFIANCE. LE TOUT C'EST DE N'EN PARLER À PERSONNE, ABSOLUMENT PERSONNE ! OK ?
TU M'ATTENDS ? JE DOIS PASSER UN COUP DE FIL AVANT DE RENTRER.
OK.
28

AH ! VOUS TOMBEZ BIEN, VOUS DEUX !
JE VOUS CHERCHAIS !
DANS MON BUREAU.
MONSIEUR SANCIER ? QU'EST-CE QUE...
MAINTENANT.
J'AI LÀ UN PAQUET DE DEMANDES DE FONDS QUE VOUS AVEZ ENVOYÉES AU SIÈGE SANS PASSER PAR MOI !
ET JE NE TROUVE AUCUNE LIGNE CORRESPONDANT À CES SOMMES DANS VOS RÉSULTATS !
POUVEZ-VOUS M'EXPLIQUER CELA ?
BIEN SÛR... JE JE... CE SONT DES... DES APPELS DE MARGE DE... DE LA...
CE N'EST PAS LA PEINE DE REGARDER VOTRE COPAIN, C'EST À VOUS QUE JE POSE LA QUESTION !
ALORS ?
OUI... EH BIEN... COMME JE VOUS LE DISAIS...
MAIS LAISSEZ-LES DONC VIVRE UN PEU, MON VIEUX !

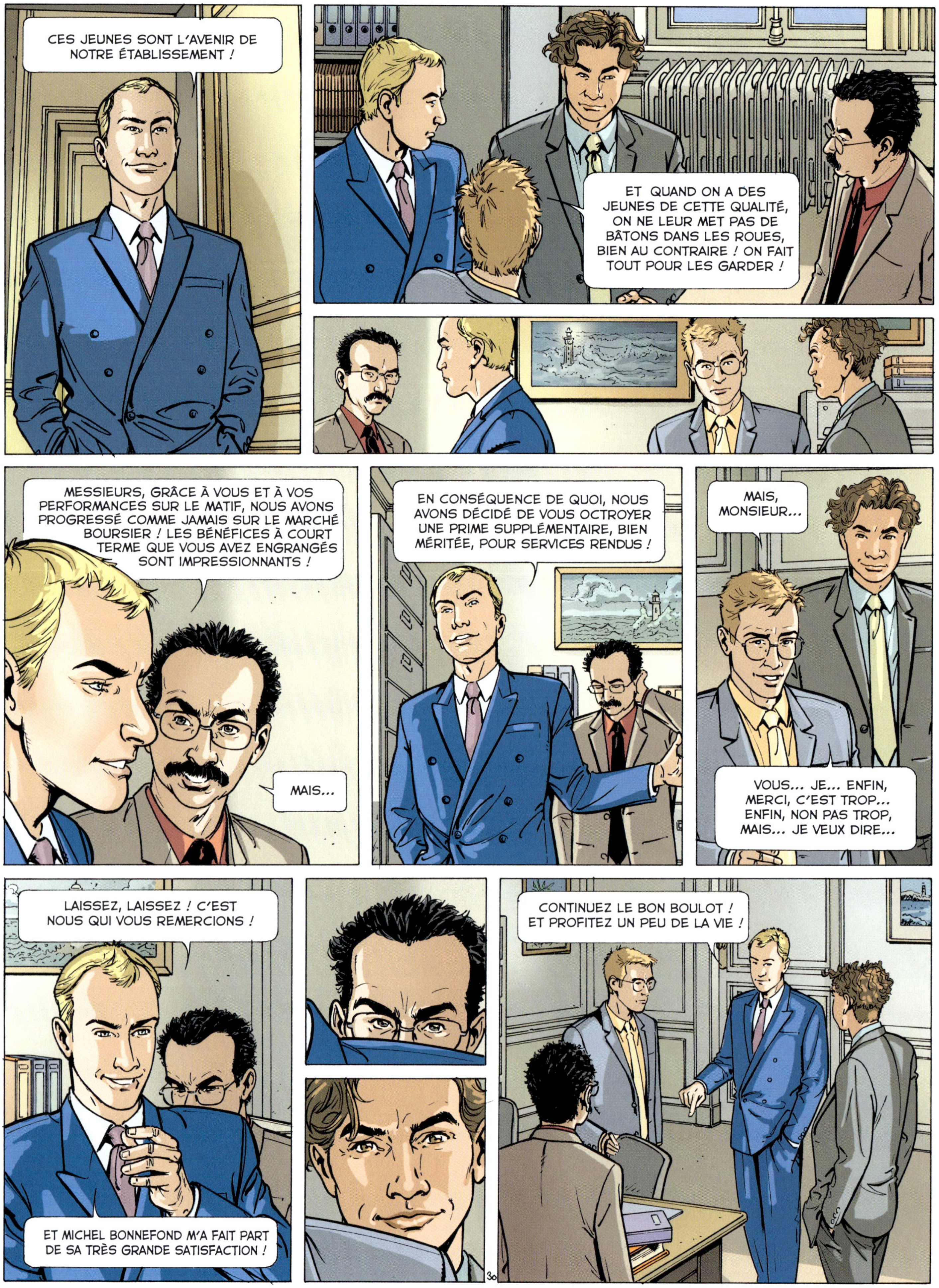
CES JEUNES SONT L'AVENIR DE NOTRE ÉTABLISSEMENT !
ET QUAND ON A DES JEUNES DE CETTE QUALITÉ, ON NE LEUR MET PAS DE BÂTONS DANS LES ROUES, BIEN AU CONTRAIRE ! ON FAIT TOUT POUR LES GARDER !
MESSIEURS, GRÂCE À VOUS ET À VOS PERFORMANCES SUR LE MATIF, NOUS AVONS PROGRESSÉ COMME JAMAIS SUR LE MARCHÉ BOURSIER ! LES BÉNÉFICES À COURT TERME QUE VOUS AVEZ ENGRANGÉS SONT IMPRESSIONNANTS !
MAIS...
EN CONSÉQUENCE DE QUOI, NOUS AVONS DÉCIDÉ DE VOUS OCTROYER UNE PRIME SUPPLÉMENTAIRE, BIEN MÉRITÉE, POUR SERVICES RENDUS !
MAIS, MONSIEUR...
VOUS... JE... ENFIN, MERCI, C'EST TROP... ENFIN, NON PAS TROP, MAIS... JE VEUX DIRE...
LAISSEZ, LAISSEZ ! C'EST NOUS QUI VOUS REMERCIONS !
ET MICHEL BONNEFOND M'A FAIT PART DE SA TRÈS GRANDE SATISFACTION !
CONTINUEZ LE BON BOULOT ! ET PROFITEZ UN PEU DE LA VIE !
30

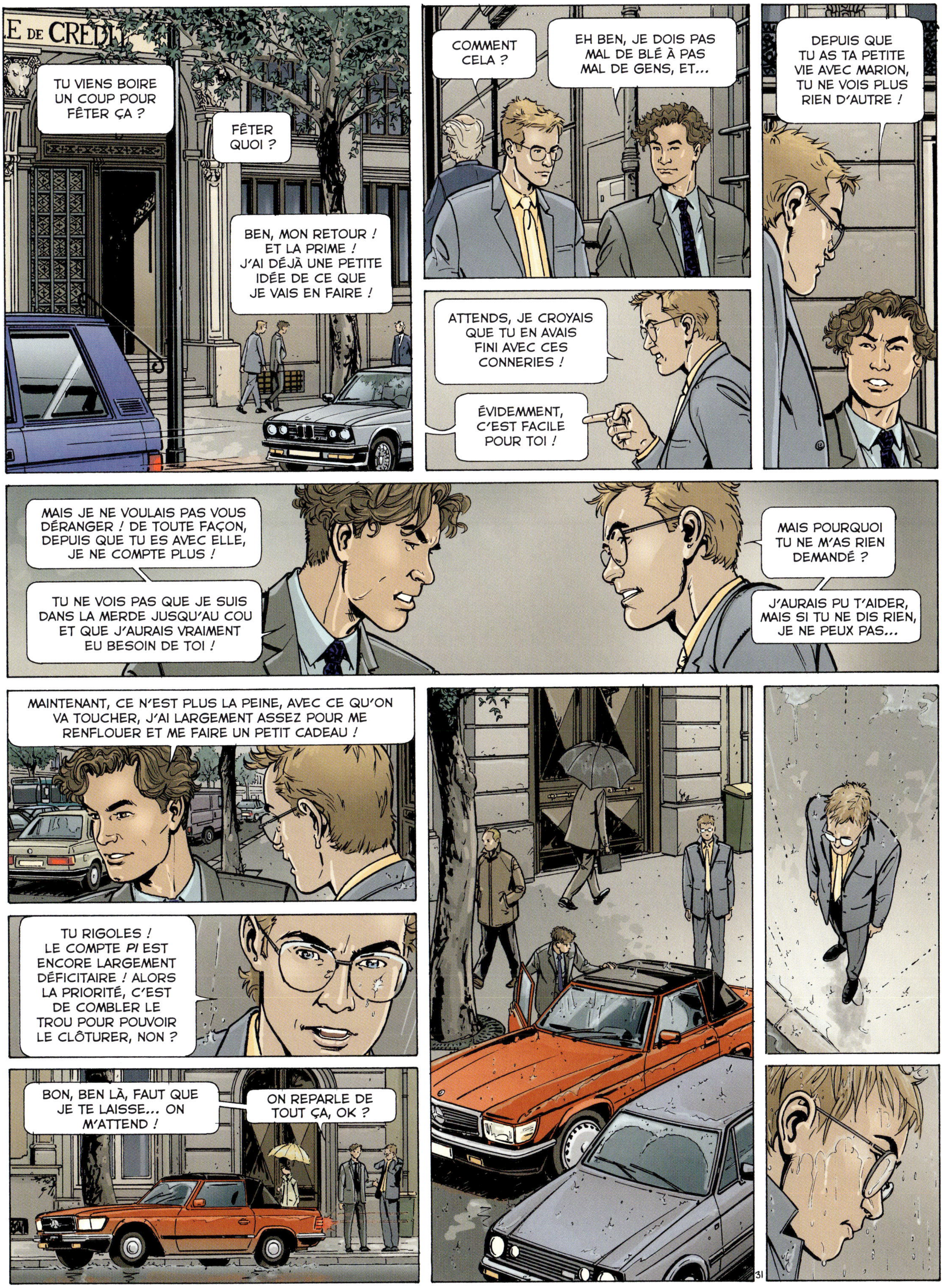
E DE CRED
TU VIENS BOIRE UN COUP POUR FÊTER ÇA ?
FÊTER QUOI ?
BEN, MON RETOUR ! ET LA PRIME ! J'AI DÉJÀ UNE PETITE IDÉE DE CE QUE JE VAIS EN FAIRE !
COMMENT CELA ?
EH BEN, JE DOIS PAS MAL DE BLÉ À PAS MAL DE GENS, ET...
ATTENDS, JE CROYAIS QUE TU EN AVAIS FINI AVEC CES CONNERIES !
ÉVIDEMMENT, C'EST FACILE POUR TOI !
DEPUIS QUE TU AS TA PETITE VIE AVEC MARION, TU NE VOIS PLUS RIEN D'AUTRE !
MAIS POURQUOI TU NE M'AS RIEN DEMANDÉ ?
J'AURAIS PU T'AIDER, MAIS SI TU NE DIS RIEN, JE NE PEUX PAS...
MAIS JE NE VOULAIS PAS VOUS DÉRANGER ! DE TOUTE FAÇON, DEPUIS QUE TU ES AVEC ELLE, JE NE COMPTE PLUS !
TU NE VOIS PAS QUE JE SUIS DANS LA MERDE JUSQU'AU COU ET QUE J'AURAIS VRAIMENT EU BESOIN DE TOI !
MAINTENANT, CE N'EST PLUS LA PEINE, AVEC CE QU'ON VA TOUCHER, J'AI LARGEMENT ASSEZ POUR ME RENFLOUER ET ME FAIRE UN PETIT CADEAU !
TU RIGOLES ! LE COMPTE *PI* EST ENCORE LARGEMENT DÉFICITAIRE ! ALORS LA PRIORITÉ, C'EST DE COMBLER LE TROU POUR POUVOIR LE CLÔTURER, NON ?
BON, BEN LÀ, FAUT QUE JE TE LAISSE... ON M'ATTEND !
ON REPARLE DE TOUT ÇA, OK ?
31

QUELQUES SEMAINES PLUS TARD, À LA BOURSE.
JFT
BGCI
MAIS QU'EST-CE QU'IL FOUT ?...
IL NE VOIT PAS QUE LE MARCHÉ PART À LA HAUSSE !... C'EST VRAIMENT N'IMPORTE QUOI...
ÇA CONTINUE DE MONTER ! C'EST PAS VRAI !
ÇA NE VA PAS BIEN SE PASSER...
DRING

OUI ?
MONSIEUR BONNEFOND !
DITES-MOI, ALEXANDRE, LE MARCHÉ A-T-IL COMMENCÉ À BAISSER À PARIS ?
COMMENT ?...
MAIS NON !
POUR L'INSTANT, LE MARCHÉ MONTE...
ÉCOUTEZ-MOI BIEN ! J'AI DE BONNES INFORMATIONS QUI INDIQUENT QUE LA HAUSSE NE VA PAS DURER. IL FAUT JOUER SUR UNE BAISSE D'UN POINT ET DEMI À LA CLÔTURE ! VOUS ME SUIVEZ ?
VOUS ÊTES SÛR ?...
C'EST-À-DIRE... QUE JE NE SAIS PAS SI...
FAITES-LE.
JE VOUS RAPPELLE CE SOIR !
OH, PURÉE !
JE DÉTESTE ÇA !
ON PARIE SUR LA BAISSE !
DÈS MAINTENANT !
TOUT CE QU'ON PEUT !

QU'EST-CE QUI TE PREND ?
JFT
DTC
BGCI
PAS LE TEMPS DE T'EXPLIQUER ! FAIS CE QUE JE TE DIS !
JE VENDS !
JE VENDS !
JEVENDS !
JEVENDS !
DONG !
EH BEN, FAUT PAS TE METTRE DANS DES ÉTATS COMME ÇA !
ON S'EN EST MAGNIFIQUEMENT BIEN SORTIS ET ON LES A TOUS NIQUÉS !
J'Y CROIS ENCORE PAS...
PURÉE...
ÇA A MARCHÉ...

LA CITÉ DE LA PLAINE, À CLAMART.
VOILÀ, ON Y EST !
ALORS C'EST ICI QUE TU AS GRANDI ?
OUI, DANS CET IMMEUBLE.
C'EST TOUJOURS LÀ QU'ELLES HABITENT.
MAIS IL Y A DES ESCALIERS ! COMMENT FAIT-ELLE, SI TA SŒUR EST EN FAUTEUIL ?
ELLE SE DÉBROUILLE.
MA MÈRE NE VEUT PAS PARTIR D'ICI.
MAIS JE NE DÉSESPÈRE PAS DE LUI FAIRE CHANGER D'AVIS. SURTOUT MAINTENANT QUE JE COMMENCE À GAGNER UN PEU PLUS D'ARGENT...
VOUS VOILÀ ! ENTREZ, MES ENFANTS !
ÇA VA, MON GRAND ?
MAMAN, JE TE PRÉSENTE MARION, QUI TRAVAILLE AUSSI À LA BANQUE, ET QUI...
BIENVENUE, MARION. VOUS POUVEZ M'APPELER SUZANNE.
NATHALIE ! C'EST TON FRÈRE !
REGARDE QUI EST AVEC LUI !

SALUT, MA PUCE ! REGARDE, JE NE SUIS PAS VENU SEUL ! C'EST MARION. MA COPINE...
MA... ON ! JOU !
ELLE TE DIT BONJOUR. ELLE COMPREND TRÈS BIEN TOUT CE QUE TU LUI DIS. PAR CONTRE, IL FAUT AVOIR UN PEU L'HABITUDE POUR LA COMPRENDRE ELLE !
D'ACCORD... JE SUIS TRÈS CONTENTE DE FAIRE TA CONNAISSANCE. ALEXANDRE M'A BEAUCOUP PARLÉ DE TOI.
VENEZ À TABLE, JE VOUS AI FAIT DU THÉ.
VOUS AIMEZ LE THÉ, MARION ?
BIEN SÛR QU'ELLE AIME LE THÉ ! TOUT LE MONDE AIME LE THÉ ! SURTOUT LE TIEN !
TIENS, ÇA C'EST POUR VOUS DEUX...
MERCI, MON GARÇON, MAIS ÇA POUVAIT ATTENDRE. MARION N'EST PAS LÀ POUR QU'ON L'EMBÊTE AVEC NOS HISTOIRES...
NE VOUS EN FAITES PAS, SUZANNE ! AU CONTRAIRE, JE TROUVE ÇA FORMIDABLE QU'ALEX VOUS AIDE AVEC TOUS SES MOYENS !
VOUS ÊTES GENTILLE, MARION. MAIS PARLONS DE VOUS MAINTENANT !
ALORS COMME ÇA, VOUS VOUS ÊTES CONNUS À LA BANQUE ? C'EST ÇA ?

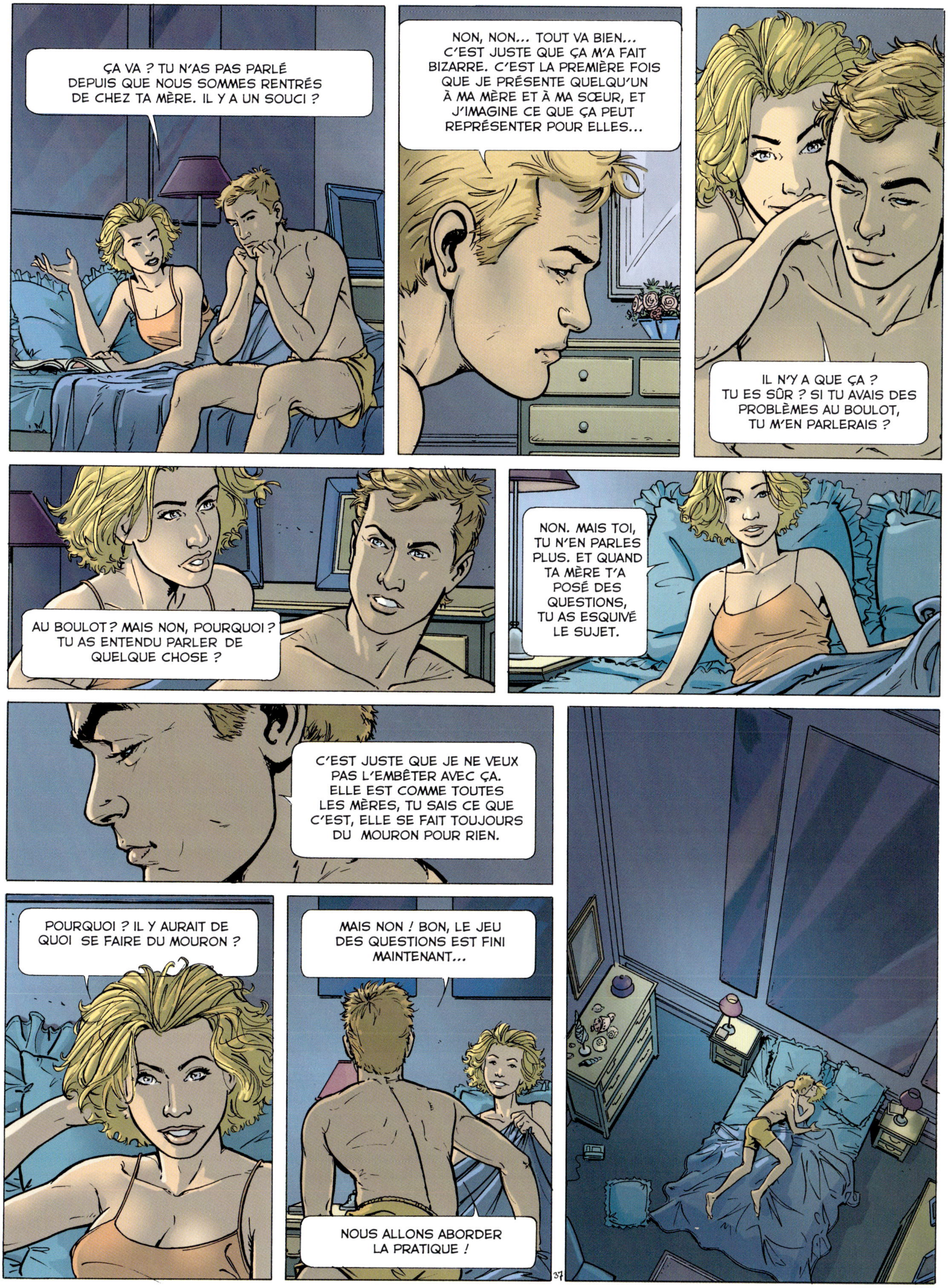
ÇA VA ? TU N'AS PAS PARLÉ DEPUIS QUE NOUS SOMMES RENTRÉS DE CHEZ TA MÈRE. IL Y A UN SOUCI ?
NON, NON... TOUT VA BIEN... C'EST JUSTE QUE ÇA M'A FAIT BIZARRE. C'EST LA PREMIÈRE FOIS QUE JE PRÉSENTE QUELQU'UN À MA MÈRE ET À MA SŒUR, ET J'IMAGINE CE QUE ÇA PEUT REPRÉSENTER POUR ELLES...
IL N'Y A QUE ÇA ? TU ES SÛR ? SI TU AVAIS DES PROBLÈMES AU BOULOT, TU M'EN PARLERAIS ?
AU BOULOT ? MAIS NON, POURQUOI ? TU AS ENTENDU PARLER DE QUELQUE CHOSE ?
NON. MAIS TOI, TU N'EN PARLES PLUS. ET QUAND TA MÈRE T'A POSÉ DES QUESTIONS, TU AS ESQUIVÉ LE SUJET.
C'EST JUSTE QUE JE NE VEUX PAS L'EMBÊTER AVEC ÇA. ELLE EST COMME TOUTES LES MÈRES, TU SAIS CE QUE C'EST, ELLE SE FAIT TOUJOURS DU MOURON POUR RIEN.
POURQUOI ? IL Y AURAIT DE QUOI SE FAIRE DU MOURON ?
MAIS NON ! BON, LE JEU DES QUESTIONS EST FINI MAINTENANT...
NOUS ALLONS ABORDER LA PRATIQUE !
37

LUNDI 16 OCTOBRE 1989.
VAUDEVILLE
ALEX !
OÙ EST-CE QUE TU ÉTAIS PASSÉ ? J'AI ESSAYÉ DE TE JOINDRE TOUT LE WEEK-END ! T'ES AU COURANT DU KRACH À WALL STREET ?
BIEN SÛR ! MAIS JE N'ÉTAIS PAS À LA MAISON, ENFIN PAS DANS LA MIENNE...
J'AI UNE DE CES SOIFS !
GARÇON ! VOUS ME METTEZ UN DOUBLE WHISKY ! POR FAVOR !
VAS-Y MOLLO ! ON A DU TAFF AUJOURD'HUI ET ON N'A PAS INTÉRÊT À DÉCONNER !
ÉCOUTE-ÇA : BONNEFOND M'A APPELÉ CE MATIN CHEZ MOI, AVANT QUE JE PARTE. POUR ÉVITER LA LIGNE INTERNE DU MATIF, AVEC LES ÉCOUTES...
IL A DES TUYAUX COMME QUOI ÇA VA ÊTRE LA PANIQUE COMME EN 87 ! LE MARCHÉ VA CARRÉMENT S'ÉCROULER ET VA PERDRE PLUS DE DIX POUR CENT !
Les Echos
Le Quotidien de l'Économie
...-krach : les autorités ...aires préparent la parade
ET IL M'A DEMANDÉ DE NÉGOCIER 25 000 CONTRATS ! TU TE RENDS COMPTE ! IL EST ULTRASÛR DE SON INFO !
DÉLIRE ! TU SAIS QUOI ? ON VA DOUBLER ET EN FOURGUER 50 000 EN TOUT ! C'EST DU TOUT CUIT !
COMME ÇA, NON SEULEMENT ON SE REFAIT, ET ON PEUT CLÔTURER LE COMPTE PI, MAIS EN PLUS ON SE FAIT DES GOLDEN BALLS !
T'ES PAS BIEN OU QUOI ! TU TE RENDS COMPTE, SI ÇA FOIRE ?!
ATTENDS, Y A AUCUN DANGER !
À CHAQUE FOIS QU'IL T'A TUYAUTÉ, C'ÉTAIT DU GÂTEAU !
TU NE CROIS QUAND MÊME PAS QU'UN TYPE COMME LUI PRENDRAIT UN TEL RISQUE S'IL N'ÉTAIT PAS SÛR DE SON COUP !
NON, C'EST TROP ÉNORME ! ON NE PEUT PAS LE SUIVRE ! ET JE NE TE PARLE MÊME PAS DE L'ASPECT LÉGAL !
BON, LÀ, C'EST L'HEURE, IL FAUT QU'ON Y AILLE !
38

FRANCHEMENT, TU TE RENDS PAS COMPTE ! ON SERAIT TROP CONS DE NE PAS SAISIR UNE OCCASION PAREILLE !
ON N'EN VERRA JAMAIS UNE AUTRE COMME ÇA DE TOUTE NOTRE VIE !
ALORS, QU'EST-CE QUE TU DÉCIDES ?
OK. ON LE FAIT.
GÉNIAL, MEC ! JE SAVAIS QUE JE POUVAIS COMPTER SUR TOI !
METS LES AUTRES AU COURANT !
PUTAIN, JE SUIS CHAUD ! *JE SUIS SUPERCHAUD !*
C'EST PARTI ! ON SUIT BONNEFOND ! ET ON BALANCE DIRECT *50 000 CONTRATS !*
YAHOU !
ON VA LES BOUFFER !
MAINTENANT, IL N'Y A PLUS QU'À ATTENDRE...
... ATTENDRE ET ESPÉRER...

16.10.89
OH, PUTAIN ! C'EST TROP BON !
ATTENDS.
SÉANCE
-4,8%
INDICE CAC
1838,57
ILS INTERROMPENT LA COTATION. IL FAUT VOIR COMMENT ÇA VA REPRENDRE...
16.10.89
ET UNE AUTRE INTERRUPTION ! C'EST LA GRANDE DÉGRINGOLADE ! BON, JE VAIS MANGER UN MORCEAU, J'AI UNE DE CES FAIMS ! TU VIENS ?
NON. JE VEUX ÊTRE LÀ À LA REPRISE DES COTATIONS.
SÉANCE
-6,2%
INDICE CAC
1811,53
16.10.89
QU'EST-CE QUE TU FOUTAIS ?! WALL STREET VA OUVRIR...
C'EST BON, JE SUIS PRÊT... ON VA LES DÉFONCER !
SNIF!
SÉANCE
-8,3%
INDICE CAC
1774,84
16.10.89
CE N'EST PAS NORMAL...
BONNEFOND AVAIT DIT QUE ÇA PLONGERAIT ALORS QUE NEW YORK OUVRE À LA HAUSSE !
SÉANCE
-9, 9%
INDICE CAC
1738,14
16.10.89
ALORS ? QU'EST-CE QU'ON FAIT ?
JE NE SAIS PAS...
IL FAUDRAIT QUE JE RAPPELLE BONNEFOND, MAIS IL M'A BIEN DIT DE NE PAS UTILISER MA LIGNE INTERNE...
ON CONTINUE... JUSQU'AU BOUT...
SÉANCE
-7,8%
INDICE CAC
1780,63
16.10.89
QUELLE MERDE... ON EST DEDANS D'AU MOINS...
TAIS-TOI !
VIENS, ON SORT, JE NE PEUX PAS RESTER UNE MINUTE DE PLUS ICI ! IL FAUT QUE JE RAPPELLE BONNEFOND D'UNE CABINE !
SÉANCE
-6,29%
INDICE CAC
1809,81

VAUDEVILLE
ALORS ? TU L'AS EU ? TU LUI AS PARLÉ ?
OUI. IL M'ASSURE QUE TOUT VA BIEN.
IL DIT QU'IL NE FAUT PAS S'INQUIÉTER ...
IL EN A DE BONNES ! ET SI JAMAIS LE MARCHÉ NE REPART PAS À LA BAISSE ?
IL DIT QUE L'ACCALMIE N'EST QUE TEMPORAIRE ET QUE ÇA VA RECHUTER.
PURÉE, JE N'AURAIS JAMAIS DÛ VOUS ÉCOUTER ! ON EST DANS UN MERDIER NOIR ! JE NE SAIS MÊME PAS COMMENT JE VAIS POUVOIR GÉRER ÇA !
TU N'AS PAS D'AUTRE CHOIX QUE DE LUI FAIRE CONFIANCE. C'EST SON FRIC, IL DOIT BIEN SAVOIR CE QU'IL FAIT. AU PIRE, SI ÇA NE S'ARRANGE PAS AVANT LA FIN DU MOIS, TU REPORTES TES POSITIONS SUR NOVEMBRE.
JE NE VOIS PAS D'AUTRE SOLUTION. TU GÈRES ÇA AVEC LE COMPTE *PI*.
C'EST RECULER POUR MIEUX SAUTER. MAIS SI ÇA NE SE DÉBLOQUE PAS, JE N'AURAI PAS D'AUTRE CHOIX...
JEAN ! OUI, C'EST MICHEL ! JE VIENS DE L'AVOIR ! TOUT A PARFAITEMENT BIEN FONCTIONNÉ ! ILS SONT MÊME ALLÉS BIEN AU-DELÀ DE NOS ESPÉRANCES !
EXCELLENT ! JE VAIS TOUT DE SUITE EN INFORMER LE PRÉSIDENT, QUI SERA VRAIMENT TRÈS SATISFAIT ! À BIENTÔT, CHER AMI !

JEUDI 29 OCTOBRE.
OUI, JE VOUDRAIS PARLER À MONSIEUR BONNEFOND.
COMMENT CELA, IL N'EST TOUJOURS PAS JOIGNABLE ? MAIS CELA FAIT PLUS DE DIX JOURS QUE J'ESSAIE ET...
NON, NON. PAS DE MESSAGE...
JE NE COMPRENDS PAS... RIEN NE SE PASSE COMME IL L'AVAIT DIT. ET JE N'ARRIVE PAS À LE JOINDRE...
PATRICK SANCIER VOUS A LAISSÉ UNE NOTE SUR VOTRE BUREAU CE MATIN. VOUS L'AVEZ VUE ?
OH NON ! IL A FAIT UNE DEMANDE D'AUDIT POUR LE MOIS PROCHAIN !
JE NE PEUX PAS PRÉSENTER LES COMPTES DANS CET ÉTAT ! CATHY, IL FAUT REPORTER MA POSITION SUR NOVEMBRE ET TOUT MASQUER SUR LE COMPTE PI.
COMME VOUS VOULEZ, MAIS CE N'EST PAS ÇA QUI VA VOUS TIRER D'AFFAIRE...
AU FAIT, JE VOUS RAPPELLE QUE VOUS AVEZ RENDEZ-VOUS AVEC LUCIE MONDRAN, LA JOURNALISTE DE L'ÉCHO DE LA CORBEILLE.
JE N'AI PAS LE TEMPS DE LA RECEVOIR REPORTEZ LE RENDEZ-VOUS !
ÇA FAIT DÉJÀ DEUX FOIS QUE VOUS REPORTEZ LE RENDEZ-VOUS. EN PLUS, ELLE EST DÉJÀ LÀ ET VOUS ATTEND DANS LE HALL.
PURÉE ! C'EST PAS VRAI ! ET THIERRY QUI N'EST TOUJOURS PAS ARRIVÉ !
BON, JE DESCENDS, JE L'EXPÉDIE, ET ON SE REMET AU BOULOT !
42

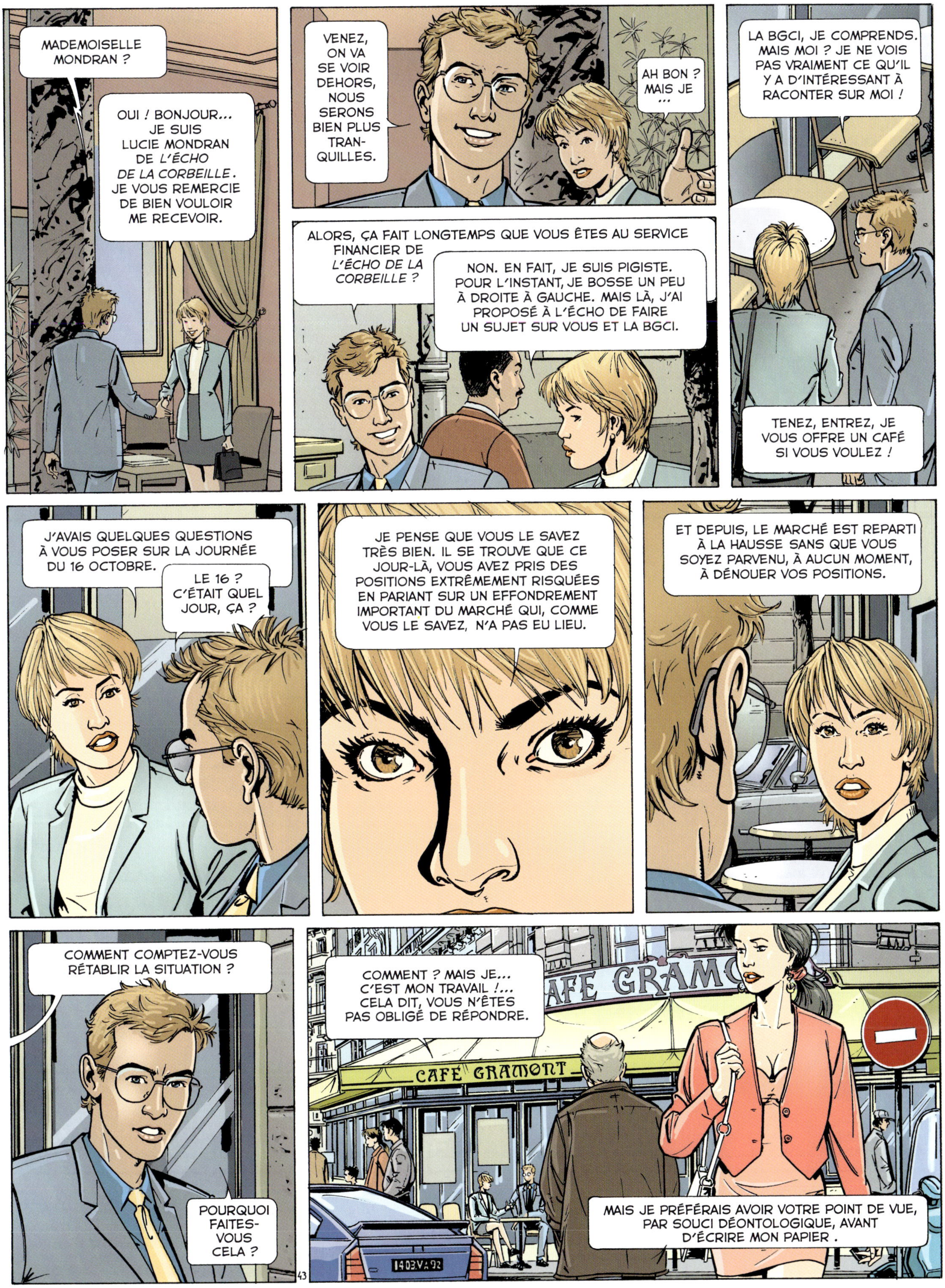
MADEMOISELLE MONDRAN ?
OUI ! BONJOUR... JE SUIS LUCIE MONDRAN DE *L'ÉCHO DE LA CORBEILLE*. JE VOUS REMERCIE DE BIEN VOULOIR ME RECEVOIR.
VENEZ, ON VA SE VOIR DEHORS, NOUS SERONS BIEN PLUS TRANQUILLES.
AH BON ? MAIS JE ...
ALORS, ÇA FAIT LONGTEMPS QUE VOUS ÊTES AU SERVICE FINANCIER DE *L'ÉCHO DE LA CORBEILLE* ?
NON. EN FAIT, JE SUIS PIGISTE. POUR L'INSTANT, JE BOSSE UN PEU À DROITE À GAUCHE. MAIS LÀ, J'AI PROPOSÉ À L'ÉCHO DE FAIRE UN SUJET SUR VOUS ET LA BGCI.
LA BGCI, JE COMPRENDS. MAIS MOI ? JE NE VOIS PAS VRAIMENT CE QU'IL Y A D'INTÉRESSANT À RACONTER SUR MOI !
TENEZ, ENTREZ, JE VOUS OFFRE UN CAFÉ SI VOUS VOULEZ !
J'AVAIS QUELQUES QUESTIONS À VOUS POSER SUR LA JOURNÉE DU 16 OCTOBRE.
LE 16 ? C'ÉTAIT QUEL JOUR, ÇA ?
JE PENSE QUE VOUS LE SAVEZ TRÈS BIEN. IL SE TROUVE QUE CE JOUR-LÀ, VOUS AVEZ PRIS DES POSITIONS EXTRÊMEMENT RISQUÉES EN PARIANT SUR UN EFFONDREMENT IMPORTANT DU MARCHÉ QUI, COMME VOUS LE SAVEZ, N'A PAS EU LIEU.
ET DEPUIS, LE MARCHÉ EST REPARTI À LA HAUSSE SANS QUE VOUS SOYEZ PARVENU, À AUCUN MOMENT, À DÉNOUER VOS POSITIONS.
COMMENT COMPTEZ-VOUS RÉTABLIR LA SITUATION ?
POURQUOI FAITES-VOUS CELA ?
COMMENT ? MAIS JE... C'EST MON TRAVAIL !... CELA DIT, VOUS N'ÊTES PAS OBLIGÉ DE RÉPONDRE.
CAFÉ GRAMONT
MAIS JE PRÉFÉRAIS AVOIR VOTRE POINT DE VUE, PAR SOUCI DÉONTOLOGIQUE, AVANT D'ÉCRIRE MON PAPIER .

ATTENDEZ, VOUS ÊTES BIEN MIGNONNE, MAIS FRANCHEMENT, QUI POURRAIT DONNER CRÉDIT AUX DIVAGATIONS D'UNE PIGISTE EN MAL DE SCOOP ? SI VOUS CROYEZ QUE MA DIRECTION VA VOUS LAISSER FAIRE ! JE PEUX VOUS DIRE QUE VOUS VOUS...
JUSTEMENT, CE QUI M'ÉTONNE LE PLUS, C'EST QUE VOTRE DIRECTION NE SEMBLE PAS S'INQUIÉTER DE VOTRE POSITION, ALORS QU'AU BOUT DU COMPTE...
ÉCOUTEZ, POURQUOI NE LES INTERROGEZ-VOUS PAS DIRECTEMENT ?
JE VOUS LAISSE, JE DOIS Y ALLER MAINTENANT. SI VOUS AVEZ D'AUTRES QUESTIONS À ME POSER, PASSEZ DONC PAR MON ASSISTANTE.
CAFÉ GRAMONT
CHIOTTES ! ILS SE SONT DONNÉ LE MOT POUR ME POURRIR LA VIE AUJOURD'HUI !
MERCI ...
C'ÉTAIT QUI ?
ALEX ? MAIS QU'EST-CE QUE TU FOUS DEHORS À CETTE HEURE-CI ?
J'ATTENDS QUE MES COLLABORATEURS ME FASSENT LE PLAISIR DE VENIR BOSSER...
HOU LÀ ! TU T'ES LEVÉ DU MAUVAIS PIED OU QUOI ?
BON, ON Y VA ? ON EST À LA BOURRE, IL VA FALLOIR MONTER À LA BOURSE !

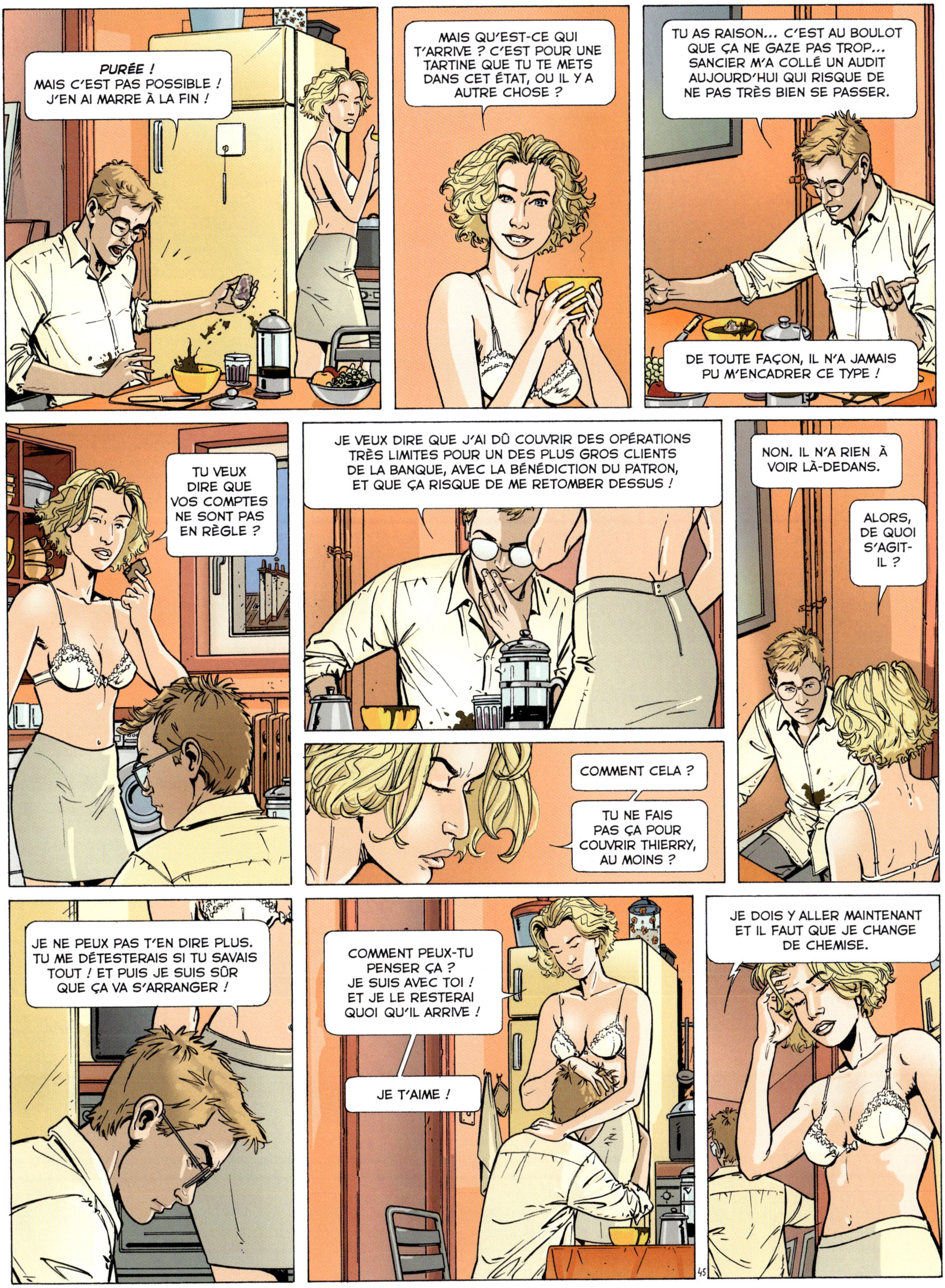

PURÉE ! MAIS C'EST PAS POSSIBLE ! J'EN AI MARRE À LA FIN !
MAIS QU'EST-CE QUI T'ARRIVE ? C'EST POUR UNE TARTINE QUE TU TE METS DANS CET ÉTAT, OU IL Y A AUTRE CHOSE ?
TU AS RAISON... C'EST AU BOULOT QUE ÇA NE GAZE PAS TROP... SANCIER M'A COLLÉ UN AUDIT AUJOURD'HUI QUI RISQUE DE NE PAS TRÈS BIEN SE PASSER.
DE TOUTE FAÇON, IL N'A JAMAIS PU M'ENCADRER CE TYPE !
TU VEUX DIRE QUE VOS COMPTES NE SONT PAS EN RÈGLE ?
JE VEUX DIRE QUE J'AI DÛ COUVRIR DES OPÉRATIONS TRÈS LIMITES POUR UN DES PLUS GROS CLIENTS DE LA BANQUE, AVEC LA BÉNÉDICTION DU PATRON, ET QUE ÇA RISQUE DE ME RETOMBER DESSUS !
COMMENT CELA ?
TU NE FAIS PAS ÇA POUR COUVRIR THIERRY, AU MOINS ?
NON. IL N'A RIEN À VOIR LÀ-DEDANS.
ALORS, DE QUOI S'AGIT-IL ?
JE NE PEUX PAS T'EN DIRE PLUS. TU ME DÉTESTERAIS SI TU SAVAIS TOUT ! ET PUIS JE SUIS SÛR QUE ÇA VA S'ARRANGER !
COMMENT PEUX-TU PENSER ÇA ? JE SUIS AVEC TOI ! ET JE LE RESTERAI QUOI QU'IL ARRIVE !
JE T'AIME !
JE DOIS Y ALLER MAINTENANT ET IL FAUT QUE JE CHANGE DE CHEMISE.

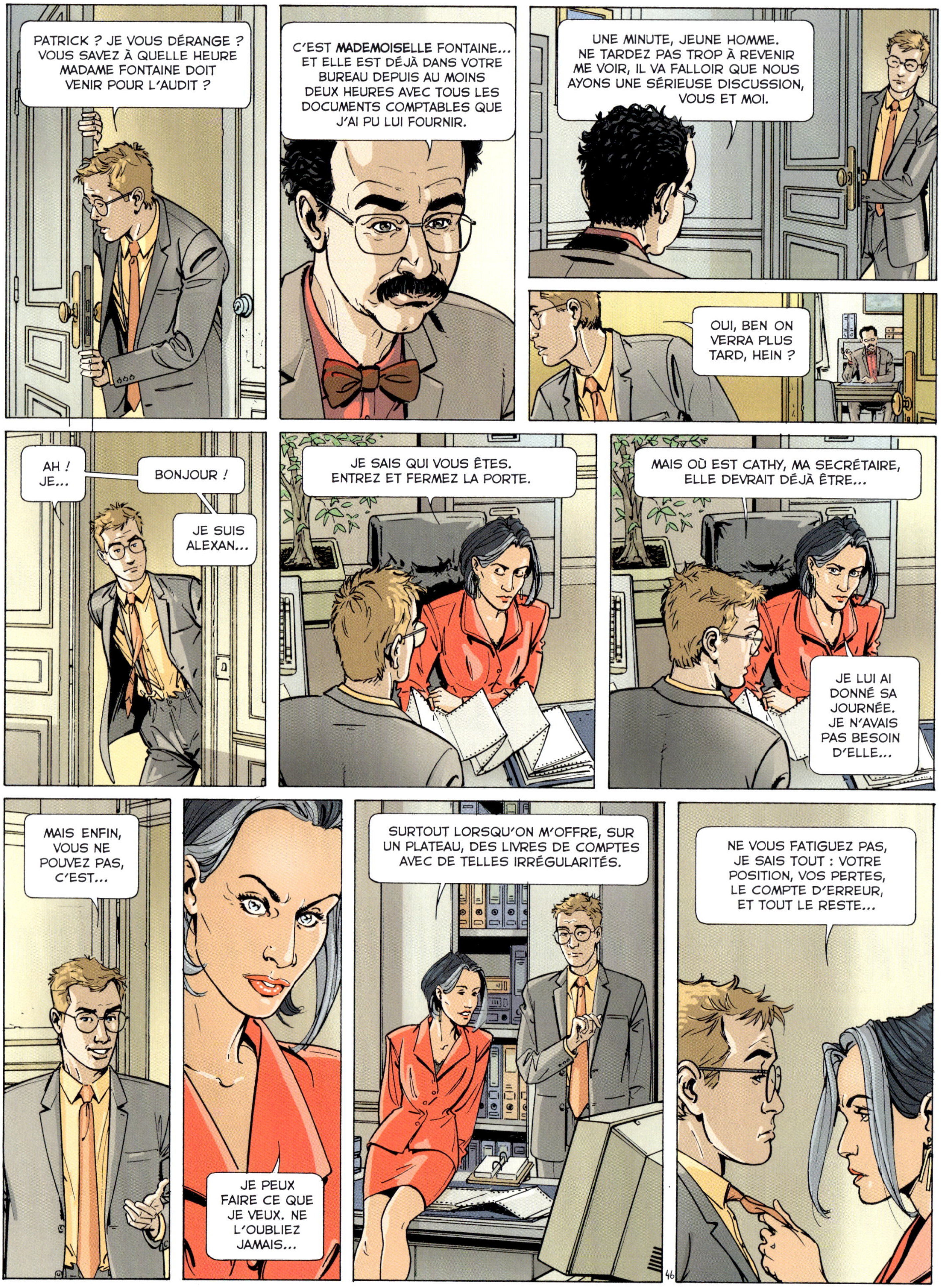
PATRICK ? JE VOUS DÉRANGE ? VOUS SAVEZ À QUELLE HEURE MADAME FONTAINE DOIT VENIR POUR L'AUDIT ?
C'EST **MADEMOISELLE** FONTAINE... ET ELLE EST DÉJÀ DANS VOTRE BUREAU DEPUIS AU MOINS DEUX HEURES AVEC TOUS LES DOCUMENTS COMPTABLES QUE J'AI PU LUI FOURNIR.
UNE MINUTE, JEUNE HOMME. NE TARDEZ PAS TROP À REVENIR ME VOIR, IL VA FALLOIR QUE NOUS AYONS UNE SÉRIEUSE DISCUSSION, VOUS ET MOI.
OUI, BEN ON VERRA PLUS TARD, HEIN ?
BONJOUR !
AH ! JE...
JE SUIS ALEXAN...
JE SAIS QUI VOUS ÊTES. ENTREZ ET FERMEZ LA PORTE.
MAIS OÙ EST CATHY, MA SECRÉTAIRE, ELLE DEVRAIT DÉJÀ ÊTRE...
JE LUI AI DONNÉ SA JOURNÉE. JE N'AVAIS PAS BESOIN D'ELLE...
MAIS ENFIN, VOUS NE POUVEZ PAS, C'EST...
JE PEUX FAIRE CE QUE JE VEUX. NE L'OUBLIEZ JAMAIS...
SURTOUT LORSQU'ON M'OFFRE, SUR UN PLATEAU, DES LIVRES DE COMPTES AVEC DE TELLES IRRÉGULARITÉS.
NE VOUS FATIGUEZ PAS, JE SAIS TOUT : VOTRE POSITION, VOS PERTES, LE COMPTE D'ERREUR, ET TOUT LE RESTE...

MAIS VOUS AVEZ UNE TRÈS GRANDE CHANCE. VOUS ÊTES JEUNE ET TRÈS MIGNON ! EXACTEMENT CE QUE J'AIME CHEZ LES HOMMES...
EXCUSEZ-MOI, MAIS JE NE...
ALLONS, PAS DE ÇA AVEC MOI !
VOUS NE ME COMPRENEZ PAS BIEN. VOUS VOUS ÊTES MIS DANS UNE SITUATION QUI NON SEULEMENT PEUT VOUS FAIRE PERDRE VOTRE JOB...
... MAIS VA VOUS CONDUIRE TOUT DROIT EN PRISON SI JE RÉVÈLE LES MALVERSATIONS AUXQUELLES VOUS VOUS ÊTES LIVRÉ.
ALORS JE VOUS PROPOSE UNE ALTERNATIVE QUI VOUS COÛTERA BIEN PEU ET VOUS APPORTERA BEAUCOUP, CROYEZ-MOI...
RETROUVEZ-MOI À 20 HEURES À CETTE ADRESSE... ET SI JE SUIS SATISFAITE, JE VERRAI CE QUE JE PEUX FAIRE POUR VOUS TIRER DE LÀ...
ATTENDEZ !
QU'EST-CE QUI T'ARRIVE, MON POTE ?
ON DIRAIT QUE T'AS VU LE DIABLE !

MARION ? OUI, C'EST MOI...
OÙ ES-TU ? JE T'ATTENDS ! ALORS, COMMENT ÇA S'EST PASSÉ AUJOURD'HUI ?
BIEN, BIEN, JE TE RACONTERAI... EUH LÀ, JE NE VAIS PAS POUVOIR RENTRER, IL Y A UNE SOIRÉE, C'EST SAINT-HUBERT QUI VEUT QUE... QUE JE SOIS...
C'EST PAS COMME SI J'AVAIS LE CHOIX, TU SAIS...
OK ! C'EST DOMMAGE QUE TU NE M'AIES PAS PRÉVENUE PLUS TÔT, JE SERAIS SORTIE AVEC ISA...
TU ES SÛR QUE ÇA VA ?
CETTE VOITURE !...
OUI, OUI, ÇA VA ! BONNE NUIT, MON CŒUR...
ÇA VA SUPER BIEN, TON MEC VA FAIRE LA PUTE POUR SAUVER SA PEAU !
Téléphone
hôtel

FIN NOVEMBRE.
AH, MONSIEUR ! VOUS ÊTES ATTENDU !
AH BON ? ET PAR QUI ?
CES MESSIEURS DE LA CHAMBRE DE COMPENSATION...
ET ILS NE SONT PAS SEULS...
MERDE...
CATHY ? OUI, C'EST MOI ! AVEZ-VOUS PU JOINDRE MICHEL BONNEFOND ?
ÇA DEVIENT VRAIMENT TRÈS URGENT !
NON, MONSIEUR BONNEFOND EST INJOIGNABLE. ON M'A RÉPONDU QU'IL ÉTAIT PARTI FAIRE UN SAFARI EN AFRIQUE.
MAIS TOUT LE MONDE ICI VOUS CHERCHE ! LA BRIGADE FINANCIÈRE A DÉBARQUÉ ET FOUINE PARTOUT ! QU'EST-CE QUE JE FAIS POUR LE COMPTE *PI* ?

VOUS NE FAITES RIEN QUI PUISSE VOUS IMPLIQUER. JE VAIS VENIR EN FIN DE MATINÉE.
MERCI, CATHY.
Telephone
MARION TAGHER...
ALEX ?! MAIS OÙ ES-TU ? TOUT LE MONDE TE CHERCHE !
JE SUIS... DEHORS... PEU IMPORTE ! ÇA VA ?
QU'EST-CE QUE C'EST QUE CETTE HISTOIRE DE MALVERSATIONS ?
LE BRUIT COURT QUE LA BANQUE NE POURRAIT PAS FAIRE FACE À SA CRÉANCE ! C'EST TOI QUI AS FAIT ÇA ?
NON... NE T'INQUIÈTE PAS, C'EST UN MALENTENDU, ÇA VA S'ARRANGER !
FAUT QUE J'Y AILLE, LÀ...
JE T'AIME !
50

RATP
ALEXANDRE ! ATTENDEZ !
J'ÉTAIS SÛR QUE JE VOUS TROUVERAIS ICI ! C'EST UN SACRÉ TROU QUE VOUS AVEZ LAISSÉ DERRIÈRE VOUS !
J'AI ESSAYÉ DE LES PRÉVENIR, MAIS PERSONNE N'A VOULU M'ÉCOUTER !
PATRICK, ATTENDEZ, JE PEUX TOUT VOUS EXPLIQUER !
TOUT CECI N'EST QU'UN GROS MALENTENDU ET...
CALMEZ-VOUS. JE SUIS AU COURANT DE TOUT, C'EST POUR ÇA QUE JE SUIS VENU VOUS TROUVER DIRECTEMENT.
VOUS N'ÊTES QU'UN PION, ALEXANDRE ! VOUS ÊTES MANIPULÉ DEPUIS LE DÉBUT !
ON A PROVOQUÉ SCIEMMENT VOS PREMIÈRES PERTES ET ON VOUS A LAISSÉ VOUS ENFONCER POUR COULER LA BANQUE ET TOUT VOUS METTRE SUR LE DOS !
51

MAIS NON ! C'EST IMPOSSIBLE !
MALHEUREU-SEMENT SI...
VENEZ AVEC MOI. IL NE FAUT PAS RESTER ICI, ILS VONT VENIR VOUS CHERCHER.
QUI ÇA ?
LA BRIGADE FINANCIÈRE.
NOUS ALLONS REVENIR AU BUREAU AVANT L'OUVERTURE POUR RASSEMBLER TOUTES LES PREUVES ET CONSTITUER UN DOSSIER POUR VOTRE DÉFENSE.
APRÈS QUOI, VOUS IREZ VOUS LIVRER À LA POLICE.
JE N'AI PAS TEL-LEMENT LE CHOIX...
QU'EST-CE QUE ?...
WRROOOOK
WRROO
OORR
BLAM
BLAM
...LAM
...AM
52

PATRICK ?...
QU'EST-CE QUE... OH, NON...
POLICE
LA CHUTE D'UN TRADER
par Lucie Mondran.
Aussi incroyable que cela puisse paraître, la faillite de la BGCI serait l'œuvre d'un seul homme, un trader propulsé sur le marché à terme, sans aucun contrôle des instances dirigeantes de la banque dont les yeux rivés sur les incroyables profits
53

PARIS, 2000.
ET LES VOILÀ TOUS, DOUZE ANS PLUS TARD, EN TRAIN DE BOIRE À MA SANTÉ !
ALORS, CHÈRE LUCIE, QUE POUVEZ-VOUS NOUS DIRE DE CE DANTÈS ? C'EST VOUS, LA JOURNALISTE, QUI ÊTES CENSÉE TOUT SAVOIR !
DÉTROMPEZ-VOUS, MONSIEUR SAINT-HUBERT, NOUS N'EN SAVONS PAS PLUS QUE VOUS DANS VOTRE MINISTÈRE ! CE N'EST POURTANT PAS FAUTE D'AVOIR TOUT TENTÉ POUR LE DÉCOUVRIR, MAIS EN VAIN !
JUSQU'À CE SOIR, CHRISTOPHER DANTÈS, ÉTAIT UN MYSTÈRE, PRESQUE UN MYTHE.
SA FORTUNE, ELLE, N'EST PAS UN MYTHE. VOUS EN AVEZ UNE ESTIMATION, SYLVIE ?
MON CABINET L'ESTIME BIEN AU-DELÀ DE TOUT CE QUE VOUS POUVEZ IMAGINER, MICHEL.
MARION, ÇA NE VA PAS, MA CHÉRIE ?
TU DEVRAIS PEUT-ÊTRE ARRÊTER LE CHAMPAGNE...
NE TE FATIGUE PAS, THIERRY... JE VAIS TRÈS BIEN...
JE VOUS RESSERS UNE COUPE ?
VOLONTIERS. MERCI, ISAAC.
JE VAIS POUVOIR TRINQUER AVEC EUX...
... AU CAUCHEMAR QUI LES ATTEND !
FIN DE L'ÉPISODE
BOISSERIE, GUILLAUME JUSZEZAK & NARDIN 2007

PETIT LEXIQUE BOURSIER
à l'usage des néophytes

Appel de marge : dépôt de garantie exigé par la chambre de compensation lorsqu'un intervenant sur les marchés dérivés se retrouve en situation de perte potentielle.

Back office (ou activités de post-marché) : service chargé d'assurer dans les établissements financiers les fonctions administratives nécessaires à la bonne exécution des ordres et des transactions, notamment le règlement et la livraison des opérations.

Chambre de compensation : organisme financier chargé de surveiller les positions des opérateurs sur les marchés dérivés et d'éliminer les risques de contrepartie.

Compte erreur : compte ouvert par un établissement financier pour enregistrer les erreurs d'exécution résultant des opérations que cet établissement a réalisées pour le compte de tiers ou son propre compte. Ce compte ne doit pas être utilisé à d'autres fins et doit être apuré dans les meilleurs délais.

Contrat à terme (ou future) : engagement ferme d'acheter ou de vendre une quantité convenue d'un actif financier (action, obligation, indice...) à un prix et une échéance convenus.

Indice boursier : moyenne pondérée des cours d'un échantillon de valeurs cotées en Bourse, choisies pour leur représentativité, qui permet de retracer l'évolution du marché.

Indice CAC 40 : lancé officiellement le 15 juin 1988 pour refléter l'évolution du marché parisien des actions, l'indice CAC 40 (dans lequel CAC signifie Cotation Assistée en Continu) rassemble les 40 plus importantes valeurs de la Bourse de Paris, choisies en fonction de leur capitalisation et de leur liquidité.

Marché dérivé (ou derivative) : marché qui permet de gérer les risques associés aux fluctuations de cours, tout en prenant des positions à l'achat ou à la vente avec une mise de fonds limitée. Le marché à terme est un marché dérivé.

Marché à terme (ou marché de futures) : marché qui propose des contrats normalisés permettant d'acheter ou de vendre toutes sortes d'actifs financiers (devises, taux d'intérêt, indices boursiers, matières premières...) avec un règlement et une livraison à une échéance ultérieure.

Matif (abréviation de Marché à terme international de France) : marché organisé ouvert le 20 février 1986 sur lequel se négocient des contrats à terme sur les taux d'intérêt (emprunt notionnel) obligataires et monétaires, les indices boursiers (CAC 40) et les matières premières au travers de contrats normalisés.

Palais Brongniart (ou Palais de la Bourse) : bâtiment néoclassique entouré d'un péristyle à colonnes corinthiennes, construit à partir de 1807 par l'architecte français Alexandre Théodore Brongniart (1739-1813) et achevé en 1826 par son confrère Étienne-Éloy Labarre (1764-1833), pour abriter les activités boursières. Propriété de la Bourse de Paris, il a été reconverti, après l'achèvement de l'informatisation totale du marché, en centre de conférences, séminaires et réceptions, géré par Nyse Euronext.

Position : exposition du compte d'un opérateur au risque de fluctuation des cours à un moment précis. Elle peut être vendeuse (courte) ou acheteuse (longue).

Trader (ou opérateur de marché) : employé d'un établissement financier assurant les transactions sur les marchés financiers (actions, obligations, produits dérivés).